KB062921

엄마 이름은 _____입니다.

엄마 이름은 _____입니다.

1판 1쇄 인쇄 2019년 10월 21일 **1판 1쇄 발행** 2019년 10월 25일

지은이 지주연
발행처 도서출판 혜화동 **발행인** 이상호
편집 이희정
주소 경기도 고양시 일산동구 위시티4로 45, 405-102(10881)
등록 2017년 8월 16일(제2017-000158호)
전화 070-8728-7484 **팩스** 031-624-5386 **전자우편** hyehwadong79@naver.com
ISBN 979-11-90049-03-0 03810

이 도서의 국립중앙도서관 출판예정도서목록(CIP)은 서지정보유통지원시스템 홈페이지(http://seoji.nl.go.kr)와
국가자료종합목록시스템(http://www.nl.go.kr/kolisnet)에서 이용하실 수 있습니다. (CIP제어번호 :
CIP2019039638)

· 잘못된 책은 바꾸어 드립니다.
· 책값은 뒤표지에 있습니다.

엄마 이름은 ＿＿＿＿＿＿ 입니다.

지
주
연

혜화동

차 례

마음을 열며 9

마음을 다하며 185

언제인지는 정확히 알 수가 없어요. 내 앞길만 보고 야생
마처럼 힘차게 달려가다가 휙 하고 고꾸라진 순간이었을
까요?

턱부터 철퍼덕 넘어져 상처가 심하게 생길 줄 알았는데,
앞다리의 골절로 다시는 멀리 못 뛸 줄 알았는데, 얼굴도
다리도 멀쩡했어요.

에어백이 내 온몸을 받치고 있었다는 것을 까맣게 잊고
있었습니다.

엄마….

　달리는 순간부터 엄마는 내가 못 보는 옆을 챙기고 있었
고, 간혹 멈춰서 호흡을 고를 때면 내 뒤에서 등을 쓰다듬
고 있었습니다.
　그리고 이번처럼 포물선을 그리며 땅으로 내리꽂힐 때,
엄마는 내 앞에서 온몸으로 나를 받고 있었습니다.

　태어날 때부터 그냥 존재한 것 같은, 마치 공기 같은 엄마.
　숨을 쉬는 게 너무 당연해서 우리는 산소의 고마움을 잘
모릅니다. 미세먼지가 심해서 하늘이 탁해질 때, 그제야 맑
은 공기의 고마움을 조금이나마 느낄까요? 다시 하늘이 깨
끗해지면 또 잊어버리고 말지요.
　그런 존재가 바로 엄마입니다.

　이미 처음부터 엄마로 짠 완성되어 태어난 줄 알았습니
다. 마치 공장에서 규격대로 뽑아내는 인형처럼요. 엄마도
아기, 어린이, 소녀, 숙녀의 시간이 있었다는 것을 상상조차
못했습니다.

그런 엄마의 삶을 한 번이라도 우리는 생각해 본 적이 있을까요? 그녀도 원래부터 엄마가 아닙니다. 각각의 존재이며, 우리와 같은 인간이고 사람입니다. 그래서 그녀의 삶을 찾아보고 싶습니다. 그녀의 이름은 과연 무엇인지 알고 싶습니다.

어릴 적 그녀와 나는 게임을 즐겼습니다. 누구나 좋아했던 게임, 숨은 그림 찾기와 다른 그림 찾기. 요즘에도 종종 이 두 게임을 오락실에 가서 즐겨 합니다.

이야기 시작과 함께 추억의 게임도 함께해 볼까요? 이야기 안에, 숨은 그림과 다른 그림을 찾아보세요. 공통으로 숨어 있는 그림 하나, 그리고 서로 다른 그림 하나가 있을 겁니다. 마음을 열고 이야기를 들어 주세요. 그러면 그림이 훨씬 잘 보일 거예요.

서른일곱

안녕하세요.

아, 저요? 저는 연우엄마라고 합니다. 나이는 서른일곱이고요. 지금은 아이 둘을 집에서 돌보고 있어요. 남편은 중견 무역 회사 다니는 회사원이에요.

그저 평범한 집이고 저는 그냥 평범한 엄마예요. 그래서 사실 무슨 말을 해야 할지 잘 모르겠어요. 지극히 평범한 삶이라 재미없고 지루할 텐데…. 남들 사는 거랑 다 똑같아요. 밥하고 청소하고 애들 키우고 남편이랑 옥신각신하고….

집안일 말고 제 이야기요? 제 본래의 모습이요?

아아, 저도 원래는 주부 말고 직업이 있었어요. 고등학교 수학 선생님이었습니다. 사범대 수학교육과를 나왔고요. 졸업반 때 교생 실습 나가서 짧지만 보람 있고 희망찬 시간을 가졌어요.

나이 차이도 얼마 나지 않은 열일곱 살 소녀들이 "송 선생님~", "연 선생님~" 하고 졸졸 쫓아다니며 수학을 물어보는 모습이 어찌나 귀엽던지요. 교생 실습 마지막 날, 아이들이 쌈짓돈 모아 제가 좋아하는 초코 케이크를 사 오고 깜짝 파티를 해 주었어요. 롤링 페이퍼를 읽으며 서로 울면서 헤어졌을 때 저는 다짐했습니다. 선생님이 되겠다고. 낙엽 밟는 소리에도 깔깔거리며 해맑게 웃는 소녀들의 모습을 내가 조금은 지켜 주고 싶다고 건방지게 생각했지 뭐예요.

대학교 졸업과 동시에 서울의 한 인문계 여자 고등학교로 배정받았어요. 제 꿈이 이루어지는 순간의 벅찬 등굣길을 아직도 잊을 수가 없어요. 정말 좋은 선생님이 되고 싶었거든요. 그런데 교생 실습과 교직 생활은 하늘과 땅 차이였어요.

그 순수하고 해맑은 여고생들은 모두 온데간데없이 사라지고 사방에 독이 오른 복어, 아니 온몸에 뿔이 난 도깨비들만 가득한 거예요. 그리고 수학을 어찌나 싫어하는지 절반 가까운 학생들은 아예 책상에 얼굴을 묻어 버리고 자더라고요. 그때도 수학을 포기한 애들이 많았거든요. 문과가 압도적으로 많았는데, '수학은 이과생들만 하면 되지'라고 생각하는 친구들이 대다수였죠.

저는 그런 친구들을 포기하는 선생님이 되고 싶지 않았어요. 신임 교사의 객기였는지는 몰라도 열정이 가득했어요. 수학이 어렵고 힘든 과목이 아니라, 전체 성적을 깎아 먹는 필요악이 아니라 즐거운 놀이라는 것을 알려 주고 싶었어요. 아무 목적도 없이 단순히 계산 능력만 빠르게 하는 방식이나 문제 풀이와 답을 통째로 외우는 방식은 수학을 더 거부하게 하죠. 수학이 암기가 아닌 이해라는 것을 보여 주려고, 다양한 수와 양의 개념과 원리를 기초부터 알려 줬어요. 퍼즐 맞추기 게임을 하는 것처럼 색종이로 얼마나 많은 도형을 오리고 자르고 붙였는지, 공작반이라 착각할 정도였다니까요.

수학에 재밌게 접근하려는 제 각양각색의 노력이 통할 때도 있었고 씨알도 안 먹힐 때도 있었죠. 그래도 제가 맡은 반에서는 점점 자는 친구들이 줄어들었어요. 수학책을 다시 펴는 친구들이 조금씩 늘어날수록 얼마나 기쁘고 뿌듯했는지 몰라요.

그렇게 천국과 지옥을 왔다 갔다 했던 교직 생활 3년이 지나 4년 차. 서당 개 3년이면 풍월을 읊는다고 하던데 저는 여전히 등굣길이 걱정되었어요.

'난 아이들과 정말 가까워진 걸까? 진심으로?'

'오늘은 좀 더 쉽게 애들한테 설명해 줄 수 있을까? 재미를 어떻게 붙여 줄까?'

'난 정말 잘하고 있나? 나는 재밌고 즐겁나?'

그런 다양한 고민이 머릿속에 가득했어요. 좋은 교사가 되는 중인지, 직업으로 역할만 수행하는 중인지 혼란스러웠어요. 자기 점검과 같은 시기였죠.

또 집에서는 어서 빨리 결혼하라고 선 자리를 잡으며 성화였어요. 사실 대학 졸업과 동시에 결혼하라는 아빠의 말씀을 난생처음 거역하고 선생님이 된 거였거든요. 제 주변에서도 다 선을 보는데 저는 이상하게 선을 보기가 싫은 거예요. 선생님이라 좋은 혼처 자리 많이 들어온다는 얘기도 괜스레 거부 반응이 들었어요. 아빠의 등 떠밂에 몇 번 만나 봤지만 잘 모르겠더라고요.

"스물일곱이면 이제 노처녀다! 여자는 시집만 잘 가면 된다! 부모 말 안 듣고 너 혼자 인생 사느냐!!"
얼마나 잔소리를 하시던지 집에서 뛰쳐나오고 싶었다니까요. 그때 속으로 '엄마 아빠는 해 준 것도 없으면서… 정작 나는 혼자 컸는데….' 그런 생각을 했어요.

그러던 찰나에 첫 담임을 맡았어요. 잊을 수 없는 1학년 10반이요. 그때가 아마 스물일곱 봄날이었을 거예요.
제 생애 처음으로 맡은 반 아이들을 데리고 설악산으로 수학여행을 갔어요. 62명이 되는 아이들을 통솔해서 먼 곳으로 가는 게 얼마나 긴장되는 일인데요.
그런데 거기서… 하하하, 그 긴장감 넘치는 현장에서….

네, 누구를 만나버렸죠!

네, 맞아요. 애 아빠요. 연우아빠요.

설악산 중턱에 있는 산사로 아이들을 데리고 올라가다가 외나무다리를 만났어요. 위험할 수 있으니까 한 명씩 천천히 건너갔죠. 저는 맨 뒤에서 아이들을 챙기고 마지막에 건넜어요. 그런데 다 건널 때쯤 뒤에서 중저음의 목소리가 들렸어요.

"저기요. 이거 손수건 떨어뜨리셨어요."

뒤를 돌아보니 키가 크고 마른 체격의 남자 분이 제 손수건을 주워 일어서지 뭐예요. 그걸 전달받는데 손끝이 서로 스쳤어요.

아이들은 옆에서 "우와!! 어우!! 잘해 봐! 잘해 봐!!" 구호를 외치듯 놀리고 있었고요. 그때 진짜 당황스럽고 부끄러워서 홍당무가 되었을 거예요. 감사하다는 말도 못 드리고 그냥 헤어졌어요.

저희 반을 포함해 9, 10, 11, 12반은 그날 산사에서 하룻밤 머물기로 의견이 모였는데 그곳에서 그 남자 분 일행을 또 만난 거 있죠. 남자 분은 회사 팀 야유회를 설악산으로 오신 거였어요.

저희 반 꾀돌이 반장 영주가 "선생님, 이런 만남은 그 수학적 확률로 치면 어떻게 계산되나요?" 이러면서 어찌나 짓궂게 굴던지요.

사실 저도 신기하긴 했어요. 남자 분은 선한 미소를 갖고 계셨고, 저희 아이들도 잘 챙겨 주셨어요. 사진기를 가지고 오셨는데 사진 찍는 게 취미인 듯 저랑 아이들의 사진도 여러 번 찍어 주더라고요.

산사의 방이 그렇게 많지 않은데 아이들에게 먼저 다 배정하니까 선생님들이 묵을 숙소가 따로 없는 거예요. 그래서 저희 선생님들은 다른 일행들과 한방에서 다 같이 잠을 자게 되었죠. 그 일행에 그 회사 팀도 있었어요.

주지 스님께서 여학생들에게 방을 양보해 주어 고맙다며 불편하겠지만 남자들은 왼쪽, 여자들은 오른쪽을 쓰라고 하셨어요. '이 선 넘어오면 다 내 거!' 꼭 아이들 책상 줄 긋기처럼 중간에다 병풍 같은 막을 쳐 주셨지요.

그렇게 좌우로 배열하듯 누웠어요. 절에서 자 본 적도 처음이고 수학여행 첫 인솔이라 잠이 잘 안 오더라고요. 고즈넉한 분위기와 은은하게 나는 향냄새에 취하기도 했고요.

그런 기분으로 뒤척이는데 자꾸 누구와 발끝이 닿는 거예요. 어떤 남자 분이 키가 커서 병풍 밑으로 발이 나와 있더라고요. 누구지 하고 병풍 사이로 보는데 하필 그 외나무다리에서 만난 분이지 뭐예요. 이상하게 가슴이 콩닥콩닥 뛰었어요. 발끝이 스칠 적마다 발가락을 꼼지락꼼지락하고, 안 닿으려고 무릎을 웅크리기도 하고 거의 뜬눈으로 밤을 지새운 것 같아요.

다음 날 아침 괜스레 멋쩍더라고요. 제일 먼저 방을 나와 아이들 식사 준비하고 당일 일정을 체크하며 혼자 부산을 떨었죠.

아침 식사 후 다음 장소로 이동하려고 할 때, 그 남자 분은 아이들의 사진을 보내 주고 싶다고 말을 건네더라고요. 그래서 저희 옆 반 최 선생님이 교무실 전화번호를 주셨지요.

한 2주쯤 후 최 선생님이 1교시 끝나고 교무실로 들어오는 저를 붙잡으셨어요.

"그 채우용 씨 있잖아. 왜 수학여행 때 우리 애들 사진 찍어 준 남자 분! 오늘 조회 끝나고 연락이 왔어. 사진 인화했다고 만나자고 하네. 송 선생도 꼭 데리고 나오라고 하는데, 뭐야 그새 둘이 뭐 있었어? 그 총각 괜찮던데."

"아, 아니에요. 저희 반 애들 사진 많이 찍어 주셔서 그런 걸 거예요."

그렇게 채우용 씨를 한 달 만에 다시 만났어요. 명동제과점에서. 최 선생님은 다리를 놓아 주려고 그러셨는지 시어머니 생신이라고 먼저 자리에서 일어나셨어요. 빵이랑 커피 값도 미리 계산해 주시고요. 참 푸근한 이모 같은 선생님이세요.

최 선생님의 도움을 받은 그게 어떻게 보면 첫 데이트였어요. 제가 집에 가려고 버스를 타는데 자기도 같은 방향이라고 같은 버스를 타는 거예요. 저 내리는 곳에서 같이 내려서 걷더라고요. 소화도 시킬 겸 집에 걸어갈 거래요. 그런데 나중에 알고 보니 우리 집이랑 아예 정반대 방향이었어요. 끝과 끝이었죠. 그리고 헤어질 때 집에 가서 보라며 사진 몇 장을 제 손에 더 쥐여 줬는데 피식 웃음이 나네요, 지금도. 저만 찍은 독사진 5장이었어요. 그렇게 몰래 셔터 누른 사진들, 그 속에 저는 환하게 웃고 있더라고요.

"연이 씨!" "선이 씨!"
채우용 씨는 닭살 돋게 제 이름 한 글자씩 부를 때가 많았어요. 그래도 좋았어요. 누군가 내 이름을 그렇게 달콤하게 불러 주는 느낌이 좀 색다르다고 할까요. 부모님 사랑 듬뿍 받으며 건실하게 자란 성실 청년. 나와는 달리 사랑 받고 자란 티가 나는 남자라는 게 무엇보다 마음에 들었어요.

제가 초콜릿을 좋아한다고 데이트할 적마다 작은 초콜릿을 주머니 속에 넣고 다니더라고요. 한번은 손을 잡고 걷는데 제 손이 우용 씨 바지 주머니에 살짝 스칠 때마다 차가운 거예요.
"우용 씨, 바지 주머니가 차가워요." 했더니 주머니에서 주섬주섬 무얼 꺼내요.

"선이 씨, 혹시 녹을까 봐 얼렸는데 너무 많이 얼렸나 봐요."

초콜릿이었어요. 무더위에 가져오다 녹을까 봐 그 전날 밤부터 얼렸대요, 꽁꽁.

한여름의 시원한 초콜릿. 그 캔디 같은 초콜릿을 입에 넣는 순간 이 사람이면 좋겠다는 생각이 절로 들었죠. 햇살 같은 스물일곱의 여름이 지나고, 스물일곱의 낙엽이 지고 스물일곱의 첫눈이 내릴 즈음, 우리는 하나가 되는 첫걸음을 내디뎠어요.

결혼하고 시댁 2층 작은 방에서 남편과 신혼 생활을 시작했어요. 달달… 했냐고요?

학교는 출근해야 하는데 어머님, 아버님, 도련님, 아가씨 아침까지 차려야 하니 새벽 5시에 일어나야 했죠. 정말 강행군이었어요. 각오했던 반전이죠, 뭐.

시부모님들은 "아가야, 애비가 장손이니 얼른 손주를 봐야지."라고 압박 아닌 압박을 하셨고요. 다행히 결혼 3개월 만에 아이를 가졌어요. 그런데 임신 4개월 정도에 유산했어요. 순식간에 천국과 지옥을 오간 경험이라 지금도 먹먹한 게 있어요.

의사 선생님은 첫 임신에는 유산될 때가 있다, 다시 가지면 된다고 걱정하지 말라 했지만 저는 시댁 어른들보다 더 속상하고 슬펐거든요. 남편도 "괜찮다, 괜찮다."라는 말만 반복하고요.

이럴 때는 엄마가 있었으면 하는 생각이 들었어요. 아니면 언니라도.

저는 엄마가 세 살 때 돌아가셔서 엄마 얼굴도 몰라요. 그 시절에는 사진을 많이 찍지도 않았고, 아빠 일터 따라 이사를 많이 하면서 그나마 있던 사진도 거의 다 분실되었어요. 이름만 아빠한테 들어서 알지요. 엄마는 여동생 낳고 며칠 뒤에 돌아가신 거로 들었어요.

아빠는 저랑 제 여동생을 안 좋아해요. 무뚝뚝해서 말이 거의 없지만 느껴져요.

오빠 낳을 때까지는 엄마가 몸이 괜찮았는데 제가 거꾸로 있어서 산파가 발부터 빼놓았대요. 저도 죽을 뻔했고 엄마도 죽을 뻔했는데 겨우 둘 다 살아난 거래요. 그 후로 엄마 몸이 약해졌고, 2년 뒤에 동생을 낳다가 건강이 급격히 안 좋아지신 거죠. 그리고 돌아가셨어요.

몇 년 뒤에 아빠는 일하는 아줌마를 들이셨는데 얼마 안 되어 그 아줌마가 새엄마가 되었죠. 제가 그때 7살 정도였을 거예요.

새엄마는 남동생을 낳았고, 오빠랑 남동생만 예뻐했어요.

저랑 제 여동생은 흔한 계집애들이었죠. 뭐만 할라치면 기집애가 무슨…. 그렇게 아빠와 새엄마한테 제 이름보다는 "이놈의 기집애가!"라는 소리를 많이 들은 것 같네요. 그래서 빨리 내 힘으로 일을 하고 돈을 벌어 집에서 나오고 싶었나 봐요.

결혼하면서 친정과의 왕래는 뜸해졌는데 유산했다고 새엄마가 보약을 해 줬어요. 유산도 출산한 것과 같다며 몸 챙기라면서요.

이렇게 받아 보는 게 낯설고, 가깝고도 먼 사람이라 어떻게 표현을 해야 할지 잘 모르겠더라고요. 엄마라고 말하면서도 무언가 어색한 엄마한테요.

그래도 그 보약 덕분인지 저는 몸을 잘 추슬렀어요.

제가 고3 담임을 맡았을 때 드디어 2년 만에 두 번째 임신이 되었어요. 고민이 정말 많이 되었죠. 여름 방학 지나고 고3 아이들에게 제일 중요한 시기라 입시까지 책임져야 하는 게 맞거든요. 그런데 또 그러다 배 속 아이를 책임지지 못하면 어쩌나. 혹시나 또 그런 일이 생기면 제가 죄인이 될 것 같았어요. 이런 불안한 마음으로 교직에 서면 고3 아이들에게도 민폐일 것 같고요.

그렇게 첫 직장을 그만두었습니다.

무책임하게 2학기 때 떠나는 무심한 담임 선생님에게 아이들은 순수하고 해맑은 모습으로 끝까지 함께해 주었습니다. 마지막 교생 실습 때가 생각나더군요.

이단 초코 케이크랑 칠판에 하얀 분필로 빼곡히 채운 문구들.

〈우리 선생님! 선생님 닮은 이쁜 아가 낳으세요〉

〈딸이면 우리 학교 보내세요! 우리 후배 되게 해 주세요〉

〈감사해요〉

〈사랑해요〉

7년간 미운 정 고운 정, 모든 정이 다 들었던 나의 교정이 었습니다. 어찌나 눈물이 왈칵 나던지 며칠 밤을 울었을 거 예요.

남편은 시원섭섭하겠다며 안아 줬어요. 이제 쉬면서 편 하게 태교하라고 하는데⋯ 내 마음을 아는지 모르는지 얄 궂더라고요. 남편을 밀어내며 "당신이나 먼저 나를 편하게 해 줘."라고 심통을 부렸습니다. 그런데 그때 나의 아가는 무얼 안다고 통통 내 배를 찼습니다.

같이 울어 주는 걸까요. 아니면 그만 울라고 나를 토닥이 는 걸까요. 그렇게 우리 아가와 첫 교감을 했네요. 잊을 수 없는 감동이었습니다.

그 감동을 준 아이가 바로 연우, 채연우입니다. 연우는 제 모든 것과 바꿀 수 있는 아이예요. 내 모든 것을 주어도 아 깝지 않습니다. 연우가 배 속에서 거꾸로 있다고 했을 때 얼마나 철렁했는지 모르실 거예요. '이것도 유전 아닐까? 나 때문에 연우까지 그런 걸까?'

다행히 의술이 좋아져서 제왕 절개를 하여 아이는 별 탈

없이 태어났어요. 그런데 아이가 태어나자마자 열이 나고 자주 아팠어요. 가슴이 저 밑바닥까지 덜컹 내려앉은 적이 하루에도 수십 번이었죠. 내려놓으면 칭얼대서 잠들다 깨기 일쑤고, 온종일 안고 어르지 않으면 떠나갈 듯 울어 댔어요.

혹시 제왕 절개할 때 내가 전신 마취된 사이에 연우에게 무슨 일이 있었나. 별별 생각이 다 들더라고요. 건강하게 못 낳아 준 제 탓 같아서요. 괜히 선생님 직업을 고집부린 욕심 때문에 내가 힘들고 스트레스를 받아서 연우에게 영향을 준 건 아닐까? 모든 게 제 탓 같았습니다.

그렇게 마음을 졸이다가도 연우가 젖을 물고 그 쪼끄마한 손가락으로 제 가슴을 만지작거리며 새근새근 잠이 들면 어찌나 평화롭고 행복하던지요.

제가 좋아하는 노래를 조용히 불러 줬어요.

동그라미 그리려다 무심코 그린 얼굴
내 마음 따라 피어나던 하얀 그때 꿈을

그러면 연우는 입술을 오므렸다가 꿈틀거리며 더 잘 자

더라고요.

그 올망졸망한 입술에서 "마마 맘마 음마"를 거쳐 "엄마"가 터졌을 때, 얼마나 가슴 뭉클하며 기쁘던지 세상을 다 얻은 것 같았어요.

그저 건강하게만 자라다오. 엄마 소원은 그것뿐이야.

그 갓난아기가 식구들 사랑받으며 잘 자라서 벌써 7살이래요. 몸이 종종 아파서 그런지 예민하고 까탈스럽지만, 연우는 참 영민해요. 제 딸이지만 똘똘하고 말도 야무져요. 그런데 고집이 너무 세요. 얼마나 센지 정말 콩 쥐어박고 싶을 정도라니까요.

심사가 뒤틀리면 말은 안 하고, 장소 시간 불문하고 떠나갈 듯 울어만 댑니다. 밥은 안 먹고 과자, 초코 아이스크림, 케이크만 사 달라고 떼를 쓰니 마음 같아서는 마트에 놓고 가고 싶었던 적이 한두 번이 아니었어요.

동생이 태어나고는 더 응석이 심해졌습니다. 같이 놀 동생 낳아 달라고 생떼를 부릴 때는 언제고 이제는 동생이 다시 배 속으로 들어갔으면 좋겠다고 못되게 말하네요. 그러다가 동생이 잠들면 예쁘다고 "선우야, 누나가 미안해." 하며 뽀뽀해 줍니다.

하루에도 백번은 지옥과 천국을 경험하게 해 주는 내 딸 채연우.

언젠가는 엉엉 울면서 집으로 뛰어 들어오는 거예요. 현관에 주저앉아서 "유치원 가기 싫어. 엄마는 내가 유치원 적응하느라 얼마나 힘든지 알아?" 이러더라고요. 아이를 안아 주고 달래 가며 무슨 일이 있었는지 물었어요.

대뜸 자기 성을 바꿔 달래요. 유치원 급식 반찬에 먹기 싫은 오이, 당근, 시금치 등 채소들이 나오면 아이들이 "채연우다!" 하고 놀린대요.

"연우야, 채소가 얼마나 우리 몸에 좋은 건데! 친구들이 연우가 좋아서 장난치는 거야."

"아니야. 당근이랑 시금치, 오이, 내가 제일 싫어하는데 그거 들고 나라고 놀린단 말이야. 나도 딴 애들처럼 앞이 김 하고 싶어."

"그럼 김 씨 하면 김 나올 때마다 놀리겠네."

"김은 많아서 안 놀려. 그리고 먹는 김은 나도 좋아하고 애들도 다 좋아해."

채소와 첫 음이 같다는 이유로 연우가 놀림받는 것이 속상하기도 했지만, 아이들의 천진함과 유치함에 웃음이 나오고 저의 어릴 적 생각도 나더라고요.

"연우야, 엄마도 어릴 때 송아지라고 놀림당했어."
"왜?"
"응, 엄마는 이름 앞이 송이고 엄마 눈이 크다고 '송아지 왔다', '소 지나간다'라고 애들이 맨날 놀렸어."
"송아지는 귀여운데?"
"그래? 엄마도 채소 너무 귀여운데. 연우가 채소 좋아하고 잘 먹으면 친구들이 놀려도 기분이 아무렇지 않겠다. 그치?"
"채소는 그래도 싫어! 나도 엄마처럼 송아지 할래."
"뭐?"

송아지 송아지 얼룩 송아지

엄마 소도 얼룩소 엄마 닮았네

"나는 엄마 닮았어. 엄마 닮은 게 제일 좋아! 엄마는 세상에서 제일 이쁘니까."

유치원에서 배웠다고 노래를 불러 주며 음매 하면서 저를 웃게 해 주네요. 어느새 눈물은 쏙 들어가고 채소는 잊어버리고 송아지 노래만 계속 불러요. 제가 요 꼬맹이의 엄마라는 게 이럴 때는 정말 행복합니다.

연우 선우 둘 다 제왕 절개로 낳고 산후조리에 특별히 신경을 못 써서 몸이 좀 약해졌어요. 남편은 무슨 그리 출장과 야근이 많은지, 바쁘니까 육아에는 별로 관심이 없더라고요. 애들을 예뻐하는 건 알겠는데 휴일에도 잘 돌보지를 못해요.

아직 연우가 변을 잘 못 가리고 혼자 뒤처리를 못해서 한번 마음잡고 가르쳤는데 손에 묻었다고 울며불며 엄마가 해 달래요. 유치원에서 계속 참고 오고 그러다 변비까지 걸렸어요. 선생님이랑 같이 화장실 가라고 말해도 유치원에서는 절대 하기 싫대요. 요즘에는 조금씩 팬티에 변을 싸서 묻혀 오더라고요. 애 팬티 빼는 것부터 변 가리는 걸 알려 주는 것까지 이 모든 것을 혼자 떠안아야 하니 속상할 때도 많아요. 그런데 남편도 우리 네 식구 밥 먹이느라 밖에서 고생하니까요. 이해하고 또 이해해야죠.

저도 애들한테 미안한 게 체력이 좋지가 않아 바깥에서 활동적으로 놀아 주는 것을 잘 못하거든요.

대부분 집에서 같이 소꿉놀이하고 책 읽어 주고 산수 놀이하고 그래요. 연우 한글 공부와 숫자 공부는 제가 다 가르쳐요. 그래도 선생님 경력이 여기서 실력 발휘될 것 같다는 자신감이 있었어요.

연우가 한글은 곧잘 읽고 어휘력도 높아요. 책 읽는 것도 좋아하고요. 그런데 숫자 공부는 그렇게 하기 싫어해요.

아직도 손가락으로 수를 셉니다. 제 욕심인지는 몰라도 연우에게 다양한 수를 알려 주고 싶고 연우의 사고 능력을 높여 주고 싶어요. 저를 닮아 수학적 재능이 있을 거로 생각하니까요.

오늘도 연우가 산수 놀이를 하다가 자꾸 꾀를 부리고 열까지밖에 못 세겠다고 장난을 칩니다. 유치원 숙제는 한 개도 하지 않고 책만 봅니다. 동화책 한 권 읽고 산수 숙제한다는 연우가 벌써 세 권째 자기가 보고 싶은 것만 봅니다. 연우의 책을 빼앗고 숙제하자고 앉혔는데 몸을 비비 꼬며 책상에 엎드립니다.

아주 기초적인 덧셈을 하는데 연우가 또 손을 사용합니다.

"1 더하기 2를 몰라서 손가락으로 해? 다시! 다시 해! 엄마가 과자 한 개 줬어. 그리고 좀 이따 아빠가 두 개 줬어. 그럼 몇 개야?"

"그럼 2개."

"채연우!!! 너 일부러 그러는 거지? 하기 싫어서?"

저도 모르게 자를 들어 연우의 손을 살짝 쳤습니다. 약속을 안 지키고 꾀만 부리니 맴매해야겠다고 몇 번을 더 쳤습니다. 연우는 자지러지며 드러눕습니다.

때마침 남편이 들어오고 피곤해 죽겠는데 웬 소란이냐는 표정으로 우리를 쳐다봅니다.

엄마가 때렸다고, 손등이 부러진 것 같다고 갖은 엄살을 부리며 아빠에게 달려갑니다.

남편은 자초지종도 모른 채 어린애를 왜 때리냐고 숙제 안 할 수도 있지 그냥 내버려 두라고 오히려 저에게 역정을 내내요.

겨우 잠들게 했던 선우마저도 "어엄마~~" 하고 울면서 나옵니다. 안아 달라고 두 팔을 뻗으며 달려옵니다.

"나도 어깨가 끊어질 것 같고 손목이 나갈 것 같아. 그만 좀 안아 달라 해.", "당신이 애들 좀 봐 그럼. 일주일에 한 번은 애들 얼굴 제대로 보긴 하니?"라고 말하고 싶었습니다. '애들 유치원, 애들 병원, 애들 숙제, 애들 밥, 애들 간식, 애들 목욕, 애들 잠… 모든 게 내 차지야. 엄마도 울고 싶어!'

이중주 합창 울음소리. 이 소리가 오늘은 너무나 힘이 드네요.

엄마가 되는 게 참 어렵습니다. 어떻게 하는 게 잘 하는 건지 도무지 모르겠어요. 최선을 다한다고 생각했습니다.

그런데 왜 몰라주는 것일까요. 줘도 줘도 모자란 게 사랑일까요.

아, 죄송해요. 제가 좀 복받쳤나 봐요. 아이 키우면서 당연히 겪는 일인데 남들도 다 하는 거 혼자 생색낸 것 같아요. 엄마니까, 제가 되고 싶었던 것이니까 버텨야죠. 힘들지만 버티는 중이고 버틸 거예요. 대신 잘 버텨야겠지요.

아, 제 이름이요? 제가 지금까지 말한 적이 없었나요?

제 이름은 송연선입니다.

일곱

안녕하세요. 저는 별하늘 유치원 샛별반 채연우입니다.

내가 제일 좋아하는 것은 치즈 케이크랑 쪼꼬* 아이스크림입니다. 우와~ 치크 케이크 위에다 쪼꼬 아이스크림이요!

엄마한테 혼날 텐데, 몰래 먹고 싶습니다. 생일날만 먹을 수 있는데 아직 생일이 오려면 열 밤은 넘게 자야 하거든요. 예전에는 케이크 먹는 날이 생일이어서 그래도 생일이 열 번은 있었는데 올해부터는 한 번밖에 없대요, 내 생일이. 그

• 초코

38

래서 아주 속상해요. 엄마가 생일은 한 번이래요, 원래.

우리 엄마요?

우리 엄마 이름이요?

이름이….

이름이 엄청 많은데요.

다 말해요? 그걸?

음…, 그럼 이름 부자 우리 엄마 한번 들어 볼래요?

너무 많아서 까먹을 수도 있으니까 빨리 말할게요.

할아버지는 "큰애야" 하시고 할머니는 "어머마"• 하세요.
엄마는 어른인데 왜 애라고 해요? 어머마는 뭐예요? 어마
마, 어머나랑은 다른 거죠? 아! 가끔은 멍멍아로 들려요. 멍
멍이는 강아지인데…. 엄마가 멍멍이처럼 귀엽나 봐요. 할
아버지랑 할머니한테는 아직 엄마가 큰 애기 같아 보이나
봐요. 근데 애기한테 뭘 만들어 오라고 항상 시켜요. 그래도
엄마는 주방에 들어가서 뭐든 뚝딱 다해요.

• 어멈아

이모는 "언니"라고 하고, 고모는 "올캐•언니"라고 해요.

올캐, 올깨 이건 뭘까요? 올커니•예요? 내가 할머니 어깨 주무르면, 할머니가 "올커니 잘한다!" 해요. 뭐든 잘하는 언니가 올캐언닌가 봐요.

큰삼촌은 "야, 너"라고 많이 하고, 작은삼촌은 "큰누나"라고 해요.

엄마 이름 말고 너, 야로 부르는 건 듣기가 좀 그래요. 나도 엄마가 연우야 말고 너라고 하면 다정해 보이지 않아서 싫거든요.

작은 엄마는 "형님", 작은 아빠는 "형수님"이래요.

엄마는 여잔데 왜 형이에요? 형은 남자한테 부르는 거잖아요. 난 엄마 아빠가 있는데 왜 작은 엄마 작은 아빠가 또 있을까요? 진짜 이상해요. 엄마랑 아빠보다 몸이 훨씬 큰데 '작은'이라고 하니까 웃겨서요. 아빠가 아빠 동생이라서 그런 거래요. 그럼 그냥 삼촌이라고 하면 되는데 헷갈려요.

- 올케
- 옳거니

우리 아빠는 엄마를 제일 다양하게 불러요.

"여보, 당신, 자기, 연우엄마, 선우엄마…" 음, 또 어떨 때는 그냥 나처럼 "엄마"라고도 해요. 아빠 엄마는 할머닌데 왜 우리 엄마한테 엄마라고 하는지 잘 모르겠어요. 아빠도 우리 엄마가 엄마였으면 좋겠나 봐요.

모르는 사람들이 엄마한테 갑자기 "아기엄마" 하고 말 걸 때도 있어요.

우리 유치원 선생님은 항상 "연우어머니"라고 하세요.

내 친구들이랑 친구 엄마들은 "연우엄마"라고 해요.

우리 아파트에 사는 사람들도 다 엄마를 보면 "연우엄마"라고 불러요.

외할아버지, 외할머니도 "연우에미"라고 해요.

연우엄마가 우리 엄마 이름 중에 제일 1등 이름이에요. 아무리 봐도 저는 엄마를 웃게 해 주려고 태어난 것 같아요. 엄마 이름만 봐도 연우엄마잖아요. 연우 때문에 웃는 엄마니까.

배 속에 있을 때는 정말 아늑했어요. 바다에서 수영도 하고 발 구르기랑 잼잼●이 하면서 놀았어요. 잼잼이 몰라요? 나랑 연결된 내 친구 줄기 잡고 노는 거요.

특히 엄마 아빠가 "아가야" 하고 말을 걸어 줄 때가 최고로 재밌었어요. 그때마다 발로 통통 치면서 대답했는데 그러면 엄마가 까르르 웃었어요. 아빠는 엄마 배를 톡톡 치면서 노크했어요. 그러면 나는 또 통통 치면서 여기 있다고 알려 줬어요. 그러면 아빠는 "우리 아가" 하면서 엄마 배를 쓰담쓰담해 줬어요. 그러면 내 발도 따뜻해져요. 포근한 행복이에요.

언제나 나를 감싸 주고 사랑하는 그 느낌, 엄마랑 함께 있는 게 좋았어요. 그래서 바깥에 나오는 게 겁이 나고 무서웠어요. 엄마랑 나랑 연결된 우리 줄기가 끊어질까 봐요. 깜깜하고 조금씩 답답해져가던 따스한 내 보금자리에 금이 가기 시작했어요. 금이 점점 틈으로 바뀌고 바닷물들이 마구 빠져나갔어요. 틈 사이로 보이는 자그마한 빛이 나를 잡아당겼어요. 엄마랑 영영 헤어질까 봐 나기가 싫어서 발버둥을

● 죔죔. 죄암죄암의 준말로 젖먹이가 두 손을 쥐었다 폈다 하는 동작을 말한다.

쳤어요. 아주 환한 빛이 나를 비추자 엄마가 보고 싶어서 엄청 크게 "응애응애" 울었어요. 그런데 그 빛 속에서 엄마 아빠 목소리가 이상하게 더 잘 들리는 거예요.

　신기했어요. 헤어지는 게 아니라 더 가까이 간 거였어요. 바깥에서 처음으로 엄마랑 아빠를 봤어요. 나를 보고 엄마가 울다가 많이 웃어요.

　엄마와 나는 한 그루의 나무였어요. 엄마는 뿌리고 배 속에서 잼잼이 했던 줄기를 통해 나뭇잎인 나와 연결돼요. 그런데 내 잎사귀가 점점 커져서 빛이 필요했던 거예요. 나무는 햇빛을 봐야 무럭무럭 자라나잖아요. 그래서 엄마 뿌리가 나를 빛으로 내보내 준 거예요. 잼잼이 했던 내 친구 줄기는 눈으로는 이제 안 보이지만 내 몸에 여전히 같이 있어요. 요 배꼽이 줄기 자리예요. 줄기 잡고 논 추억이 많아서 자꾸 혼자 두 손을 쥐었다 폈다 해요. 그걸 엄마가 보고 방긋방긋 웃어요.

　"곤지곤지 잼잼 곤지곤지 잼잼. 우리 연우 잼잼이 잘하네. 곤지곤지도 해 볼까?"

　내가 줄기랑 놀았던 게 잼잼인 줄 알게 되었어요. 곤지곤지도 엄마 따라서 곧잘 하게 되었어요. 엄마는 내가 엄마를 따라 하면 항상 웃으며 좋아해요.

엄마가 웃으면 나도 좋아요. 그래서 엄마를 많이 따라 하려고 마음먹었어요. 나랑 엄마는 영원히 같은 한 나무니까요. 우리는 언제나 통해요. 그런데 내가 맨날 웃기만 하는 건 아니에요. 울기도 엄청 울어요. 그것도 내 신호니까요. 엄마랑 나만이 아는 신호요.

내가 울면 엄마는 젖을 물려요. 따스하고 달콤한 하얀 샘물이 나와요. 나무는 물도 많이 먹어야 하거든요. 그걸 꿀떡꿀떡 먹으면 금방 평온하고 행복해져요. 그러다 스르르 잠든 적이 많아요. 눈꺼풀이 끔벅끔벅하는 그 틈 사이로 나지막한 노래가 들려요. 배 속에서부터 엄마가 많이 불러 줘서 기억해요.

동그라미 그리려다 무심코 그린 얼굴
무지개 따라 올라갔던 오색빛 하늘 아래

노래가 좋아서 더 듣고 싶은데 눈이 자꾸 감겨요. 그 사이로 엄마의 따뜻한 미소가 살짝 보여요. 계속 그 미소가 보고 싶어요.

　내가 고개를 들고 배로 기어 다닐 때, 네 발로 엄청 빠르게 기어 다닐 때, 두 발로 드디어 서서 뒤뚱뒤뚱 걸을 때, 그리고 "마마 음마 어엄아 엄마"를 말했을 때, 엄마는 거의 뒤로 고개를 젖히며 웃었고 손뼉 치며 좋아했어요.

　기뻤어요. 내가 얼마를 웃게 해 주는 아가라는 게 행복했어요. 그런데 요즘은 엄마가 눈이 삐죽 올라갈 때가 많아요.

　내가 자주 아파서 그런 걸까요. 엄마 샘물을 많이 먹고 컸는데 아파서 미안해요. 어릴 적부터 열이 많이 오르고 노란 콧물을 코에서 많이 뿜어냈어요.

　그러면 엄마는 나를 안고 병원 놀이 하러 가자고 해요. 주사 잘 맞으면 치즈 케이크를 사 주고, 더 아픈 주사를 맞으면 나중에 쪼꼬 아이스크림을 사 줘요. 감기가 다 나은 다음에 먹을 수 있지만요.

　엄마도 같이 먹어요. 엄마 닮아서 나도 쪼꼬랑 케이크 좋아하는 건데 엄마만 모르나 봐요.

　아픈 건 싫지만 언제부턴가 엄마랑 같이 병원 가는 게 좋아요. 그때는 내가 엄마를 독차지할 수 있고 엄마가 나만 안아 주고 걱정해 주니까요.

내가 안 아플 때는 선우만 안아 주거든요. 동생이 태어나면 좋을 줄 알았는데 솔직히 별로 안 좋아요. 잠잘 때도 선우는 엄마 옆에 착 달라붙어서 찌찌 만지면서 자요. 네 살인데 아직도 엄마 찌찌 만지고 바보 같아요. 나는 아기 때 말고는 안 그랬는데 선우가 얄미워요. 선우는 무조건 졸리면 칭얼대고 엄마를 찾아요. 엄마가 선우를 안아 주면 나도 안아 달라고 울어버려요.

그러면 엄마는 "항상 너만 안아 줘야 해? 선우 태어나기 전에는 엄마가 연우만 안아줬어. 이제는 누나니까 양보해야지!"라고 하면서 나만 야단쳐요.

선우가 안 태어났으면 맨날 나만 안아 줬을 텐데….

나는 여자 동생 낳아 달라 했는데 선우는 남자 동생이에요. 그래서 다시 엄마 배 속으로 들어가라고 손으로 선우를 밀었어요. 선우가 뒤로 넘어지고 울어요. 나도 같이 울어요. 선우한테 미안하기도 하고 속상하기도 해서요.

선우가 잘 때 호 해 주고 뽀뽀해 줬어요. 붕붕이 차 나한테 양보하는 착한 동생이니까요.

다행히 선우는 뭐든 잘 먹고 건강해요. 내가 샘물을 몽땅 먹어버려서 선우는 샘물을 못 먹었대요. 그래도 선우는 안 아파요. 혼자 샘물 욕심 부렸나 봐요. 그래서 배가 아야 했나. 선우 먹을 것도 남겨 놔야 하는데 말이죠. 동생한테 조금 미안해졌어요. 내 나무만 생각하고 선우 나무는 생각을 못 했어요. 무조건 다 가지려고만 했어요. 이제부터 내 동생 선우 사랑해 줄래요. "채연우♡채선우"라고 유치원 일기장에 쓰고 잘 거예요.

네? 우리 이름이 예쁘다고요?
나는 내 이름이 싫은데. 특히 '채'가 싫어요. 앞이 '채'인 사람이 샛별 반에서 나밖에 없거든요. 나도 다른 친구들처럼 '김'이나 '이'나 '박'이었으면 좋겠어요. '김'이랑 '이'랑 '박'은 엄청 많거든요. 나랑 선우처럼 가족이 아닌데 친구들은 앞이 같아요. 이상하고 신기해요.
저는 오이랑 시금치가 제일 싫은데 유치원 점심에 그게 많이 나오거든요. 그럼 애들이 채연우 나왔다고 막 놀려요. 먹기 싫어서 안 먹으면 애들이 더 놀려요. 채소가 채소를 싫어하고 못 먹는다고요. 나 보고 바보래요.

집에 와서 엄마한테 안겨 엉엉 울었어요. 엄마는 채소가 얼마나 좋은 건데 하면서 괜찮다고 토닥여 줬어요. 엄마도 어릴 때 이름 앞이 송이고 눈이 커서 송아지라고 친구들이 놀렸대요. 그런데 송아지는 너무 예쁘고 귀엽잖아요.

나도 앞이 엄마처럼 송이었으면 좋겠어요. 그럼 나도 송아지가 되는 거니까!

송아지 송아지 얼룩 송아지
엄마 소는 얼룩소 엄마 닮았네

유치원에서 배운 노래인데 엄마랑 내 노래네요.

나는 엄마 닮은 게 제일 좋아요. 엄마가 세상에서 최고로 예쁘니까요. 엄마 닮아서 쪼꼬 케이크도 좋아하고 엄마 닮아서 콧물도 잘 흘리고 엄마 닮아서 눈도 커요. 참, 엄마도 오이를 못 먹어요. 그래서 채소가 싫은 건데, 엄마가 나보고는 좋아하래요. 내가 오이랑 시금치랑 당근 잘 먹는 게 엄마 소원이래요. 그런데 채소가 정말 좋은 거예요? 튼튼해진다고요? 응가도 잘하고요?

저는 응가 잘 못 하거든요. 유치원에서 하는 거 힘들어요. 혼자 아직 못해서 선생님 부르는 건 너무 부끄러워요. 엄마가 항상 응가를 닦아 주세요. 그래서 유치원에서는 응가를 참고 집에 와서 해요. 엄마는 나도 못 닦는 응가를 어떻게 닦아 줄까요? 지저분하고 더러운 데도요.

"엄마, 엄마는 내 응가를 어떻게 닦아 줘?"

"연우 아가일 때부터 맨날 닦아 줬는데?"

"안 지지해? 손에 많이 묻잖아."

"괜찮아 사랑하니까."

"그럼 사랑하면 다 응가 닦아 줘? 그럼 내 친구들도 내 응가 닦아 줄 수 있어?"

"아니. 엄만 연우의 엄마니까 다 할 수 있지."

그렇구나! 응가는 나를 사랑하고 엄마니까 닦아 줄 수 있는 겁니다. 나도 못 닦는 걸 엄마가 해 줍니다. 나중에 어른이 되면 나도 내 애기 응가를 닦아줄 수 있을까요? 선우를 사랑해도 선우 응가가 많고 냄새가 지독해서 못 닦아 주겠는데. 먼저 내 애기 쥬쥬 인형 엉덩이를 목욕시켜 줘야겠습니다. 미리미리 연습하게요.

엄마는 나랑 인형 놀이도 재밌게 해요. 내가 또 아플까 봐 바깥에서 많이 못 놀고 우리는 집에서 놀아요.

쥬쥬 인형 놀이할 때 내가 엄마하고 엄마가 쥬쥬해요. 엄마는 애기 목소리도 아주 잘 내요. 그럼 내가 쥬쥬 머리도 빗겨 주고 옷도 갈아입혀 주고 휴지로 기저귀 채워 줄 때도 있어요. 그럼 엄마는 "감사합니다, 엄마." 그래요.

생각해 보니까 나는 엄마가 응가도 닦아 주는데 고맙다고 한 적이 없는 것 같아요. 이제 나도 엄마한테 감사하다고 할게요.

엄마는 나한테 책도 많이 읽어 줘요. 매번 다른 목소리로 읽어 줘서 흥미진진해요. 호랑이 아저씨도 되었다가 갈매기 아줌마도 돼요.

"또 읽어 줘! 또 읽어 줘!"

엄마는 내가 배 속에 있을 때부터 매일 밤 책을 읽어 줬거든요. 그래서 엄마랑 책 읽는 게 신나고 재밌어요.

책 읽는 게 좋은데 엄마는 언제부턴가 자꾸 산수를 하라고 합니다. 엄마는 원래 산수 선생님이었대요. 동화 선생님이었을 줄 알았는데.

나는 더하기 빼기 숙제하기가 제일 싫거든요. 그런데 자꾸 하라고 합니다. 왜 엄마는 내가 싫어하는 걸 시키는 걸까요? 좋아하는 건 점점 못하게 하고요.

동화책 더 읽고 싶은데 엄마가 뺏어 갔어요. 마음에서 화가 나기 시작해요.

숫자 열 개만 세면 되는데 열 개 넘는 숫자를 왜 배워야 하는 걸까요? 손가락도 열 개, 발가락도 열 개, 그리고 내가 엄마 배 속에 있었던 시간도 열 밤, 쪼꼬레˙ 상자 안도 열 알, 다 열 개로 되어 있는데 뭘 더 알아야 해요? 왜 더하고 빼야 하는지 잘 모르겠어요. 재미가 없어요. 몸이 오징어처럼 배배 꼬여져요, 숫자 앞에서는.

손가락이 있어서 엄지 검지를 하나씩 폈습니다. 엄마는 머리로 더하기 빼기 하라고 무섭게 말합니다.

엄마가 과자 1개 주고 아빠가 나중에 과자 2개 주면 몇 개냐고 다시 물었어요. 그래서 2개라고 했더니 엄마가 자로 손

˙ 초콜릿

등을 딱 때찌했습니다.

엄마가 밉습니다.

왜 손가락으로 세면 안 되는 건데요? 그리고 2개가 맞는데 왜 틀렸다는 거예요? 마음이 서러워서 눈물이 막 났습니다. 내 마음을 몰라주는 엄마가 미워서 엉엉 울었어요.

그때 아빠가 들어왔고 아빠한테 달려가 안기면서 엄마가 때찌때찌했다고 일렀어요. 아빠가 엄마한테 막 화내면서 소리쳤어요. 그 소리에 선우도 깨서 울었어요. 이게 아닌데…. 나는 더 속상해져요.

엄마가 아무 말이 없어요. 아무 말이 없으니까 겁이 나요. 겁이 나니까 계속 눈물이 나요. 내가 숙제 안 하고 말 안 들은 건데. 그냥 산수가 어려워서 하기 싫은 건데.

엄마 미안해. 이제부터 손가락 말고 머리로 상상해서 해 볼게. 엄마가 나한테 과자 1개 주고, 아빠가 또 나한테 과자 2개 주면 내가 엄마가 준 걸 먹어버렸으니까 2개라고 한 거야. 이제는 미리 안 먹고 참을게. 내가 잘 참으면 3개야. 맞지? 엄마? 엄마??

엄마 아빠 싸우지 마요. 연우 때문에 싸우면 연우는 더 슬퍼요. 우리는 한 가족이잖아요.

엄마랑 아빠랑 선우랑 나는 길고 튼튼한 내 친구 줄기로 연결된 세상에서 가장 큰 아름드리나무잖아요. 영원히 엄마 아빠 선우랑 행복하게 웃으며 살고 싶어요.

연우 옆에 매일매일 있어 주는 엄마, 감사합니다. 엄마랑 같이 있는 시간이 세상에서 제일 좋아요. 나는 엄마를 다시 웃게 해 주고 싶은 채연우입니다.

열일곱

뭘 그렇게 자지러지며 웃냐고요?

이 스티커 사진 보세요. 친구들이랑 <여고괴담> 패러디하고 찍은 건데 흑백으로 나오니까 그럴듯하지 않나요? 우리 학교 교복발이 좀 죽이거든요. 집 근처에서 제일 교복이 예쁜 여고라 중학교 친구들이랑 1지망으로 썼는데 딱 되었어요. 그런데 좀 펑퍼짐하지 않아요? 아니, 정사이즈로 사 달라니까 기어이 엄마 고집대로 한 치수 큰 거 사 주는 거예요. 고3 생각하면 큰 거 사야 한다고. 아직 찌지도 않은 살 대비한다고 2년 동안 이렇게 얻어 입은 것처럼 다니라는 거 너무 어이없지 않아요? 살찌는 것도 정말 싫은데, 혹시 만약에라도 좀 불면 그때 가서 새로 사면 되잖아요. 융통성이 전혀 없다니까요! 우리 엄만.

　요즘 엄마가 귀찮습니다. 아니 솔직히 매우 성가십니다. 친구들이랑 노는 게 훨씬 재밌습니다.
　하굣길에 같이 떡볶이 먹고요. 오락실도 가고요. 아, 학교 근처에 커피숍이 생겼는데 거기가 짱이에요. 체리 에이드가 진짜 맛있어요. 식빵도 튀겨서 설탕 뿌려 주는데 같이 먹으면 궁합 최고예요. 요즘 제일 자주 가요. 거기서 친구들이랑 우리 아이돌 오빠들 얘기하고 편지 쓰고 사진 공유하고, CD 발매일 디데이 체크하고, 콘서트 갈 계획 세우고요. 그런데 오래는 못 있어요. 학원 가야 하거든요. 학원 일정이 빽빽하게 있어서요.

　초등학교 때는 학원 거의 안 다녔는데, 초등학교 6학년 겨울방학인가 그때부터 중학교 국영수사과* 종합반에 넣더라

* 국어, 영어, 수학, 사회, 과학을 줄여서 함께 부르는 말

고요. 다양한 학원들의 역사가 지금까지 이어 오는데, 저는 정말 학원 가기 싫어요. 학원 말고 나도 여기 커피숍에서 알바 해 보고 싶어요.

여기 누가 오냐고요? 그런 거 아닌데요.

그냥 공부 말고 다른 거 해 보고 싶을 뿐이에요. 엄마는 그저 공부! 공부!! 공부!!! 그 잔소리뿐이죠.

저는 엄마가 모순이라고 생각해요. 예전에 학교 선생님이었으면서 어떻게 나를 그렇게 학원에 매일매일 보낼 수 있어요? 괜히 학원 많은 동네로 이사 와서 엄마가 변했어요. 그 전까지는 엄마한테 배웠거든요. 이제는 엄마 시대랑 우리 시대가 다르다고 학원은 필수래요. 그래도 소신이 있으면 보내지 말아야죠.

솔직히 저는 학교 수업보다 학원에서 좀 더 집중하는 것 같아요. 왠지 학원 선생님들이 더 재밌고 실력 있어 보이거든요. 학원에서 예습 복습을 다 하는데요 뭐. 학교에서는 친구들이랑 쪽지 던지기 놀이하고, 무언의 빙고 게임 하고, 과자 먼저 녹여 먹기 게임 하고 장난칠 때가 꿀이죠. 고개 숙이고 졸기도 많이 하고요. 그러다 들키면 바로 날카로운 소리가 귀를 찌릅니다.

"여기 몇 반이야? 8반 반장은 수업 태도가 아주 불량해. 반장, 수업 끝나고 교무실로!"

네! 저 반장이에요. 태어나서 처음으로 반장 해 봐요. 그런데 벌써 불량 반장이래요. 저는 초등학교랑 중학교 때 엄마가 시키는 대로 공부해 줬거든요. 범생이처럼 살았는데 하나도 즐겁지 않았어요. 존재감도 없고요. 게다가 공부를 많이 해서 눈도 갑자기 나빠졌거든요. 초등학교 때 안 쓰던 안경도 쓰게 됐다니까요. 공부해서 득 된 게 없어요.

친구들은 조용하고 얌전한 애들보다 유쾌하고 재밌는 애들을 더 좋아해요. 중3 졸업식 때 다짐했죠. 고등학교 때는 성격을 개조해서 쾌활한 십 대를 보내자고. 고등학교 가면 대학을 위해 목숨 걸고 공부해야 한다 그러는데 저는 그렇게 살고 싶지 않아요. 적당히 할 거예요. 적당히 공부하고 적당히 놀고 싶어요. 그래서 불량 반장이란 호칭이 마음에 들어요. 잘 하고 있는 것 같아서.

어릴 적부터 반장이 정말 되고 싶었어요. 반장 선거 날은 꼭 인기투표 날 같았거든요. 저는 나갈 엄두도 못 내고 추천도 못 받고, 그냥 조용한 들러리였지요. 거기서 압도적인 표 차이로 우승하는 친구들을 보면 마치 영웅이라도 된 듯 의기양양하더라고요. 한 학교에서 유명한 애들을 보면 뭐든지 하나가 최고잖아요. 전교 1, 2등 아니면 소문난 날라리, 싸움 짱, 춤 짱, 운동 짱, 그림 짱, 노래 짱, 유머 짱 아니면 얼짱.

저는 모든 게 어중간해요. 중학교 때 시험을 보면 반에서 5등 안에 들었는데, 전교에서는 피라미더라고요. 그러니까 저는 반에서 있어도 없어도 모르는 그저 공부 조금 잘하는 애인 거죠. 고등학교 때는 모든 친구가 나를 알았으면 좋겠다고 생각했어요. 그런데 제가 반장이 되는 일이 생긴 거예요.
중학교 친구인 다혜가 저를 추천해 줬어요. 너무 고맙더라고요. 제가 반장 선거 나가서 좀 통통 튀게 했거든요. 연예인 성대모사 연습했던 것도 하고요. 그동안 상상한 대로 했어요. 다혜가 저의 그런 웃긴 모습을 보고 깜짝 놀랐대요. 성격도 노력하니까 바뀔 수 있네요.

반장이 되니까 제 십 대가 180도 달라지는 느낌이었어요. 애들한테 반장 턱으로 햄버거도 돌리고요. 주번이 "교무실에 반장 엄마 왔다. 햄버거랑 프렌치프라이, 콜라 잔뜩 있어." 하고 소리쳤고 "우와아아!"라고 애들은 환호했죠. 친구들이 나를 좋아하고 인정해 주는 느낌이었어요. 반장은 우리 반 친구들을 대표하는 거지 선생님 편은 아니잖아요. 그래서 저는 친구들이랑 더 잘 노는 불량 반장 하려고요.

제 꿈이요?

여자 대통령? 아이돌? 그런 생각은 잠깐씩 스쳐 지나갔고요. 원래는 책 읽고 글 쓰는 걸 좋아해요.

작가가 돼서 셰익스피어, 체호프, 톨스토이같이 작품을 남기고 싶었거든요. 셰익스피어 책을 보면서 허무맹랑한 위기 속에서 얼마나 인간이 변할 수 있는지를 체험했어요. 체호프 책을 보면서는 '아무리 힘들어도 인생은 계속된다. 그러니 버텨내야 하고 살아가야 한다'는 의지를 배웠고요. 톨스토이를 통해 결국 사랑이 0순위라는 인생을 느꼈죠.

대작가님들이야말로 사람을 보고 세상을 사는 법을 알려주는 선생님이랄까. "호랑이는 죽어서 가죽을 남기고 사람은 죽어서 이름을 남긴다." 하잖아요. 그냥 죽으면 너무 허무한데 이분들은 자기 이름도 남기고 작품도 남겼잖아요.

저도 제 흔적을 이 세상에 남기고 싶어요. 내 작품과 내 이름을 남기고 가면 뿌듯할 것 같아요. 그런데 그런 재능이 나한테 있는지 잘 모르겠어요.

글을 잘 쓰는 사람이 무진장 많거든요. 글짓기 대회에서 매번 입상은 하는데 최고상은 아니니까요.

저도 뭐 하나가 특별하게 1등인 게 있었으면 좋겠어요. 엄마가 원하는 공부는 1등을 못 할 것 같고요. 근데, 엄마를 위해 열심히 공부한 지난 제 인생은 누가 보상해 주나요?

엄마는 제가 2등을 해도 "조금만 더 하면 다음번에는 1등할 수 있겠다." 이래요. 그동안 4, 5등만 해서 2등도 자랑하고 싶었는데 엄마는 칭찬하지 않더라고요. 그래서 엄마 소원인 1등 한 번만 해 보자 했는데 아무리 해도 안 되는 거예요. 우리 반에는 전교에서 나는 애들이 꼭 있었거든요. 그런데 중 3 마지막 기말시험에 제가 1등을 한 거예요.

우와! 진짜 하늘을 나는 것 같았어요. 얼마나 엄마가 기뻐할까? 그 생각으로 집에 날아서 갔어요.

엄마가 환하게 웃더라고요. 근래 중에 제일 행복해 보였어요. 엄마 소원이 이루어진 거죠. 우리 반 전교 4등을 이긴 거니까요.

다음 날 그 전교 4등이 엉엉 울더라고요. 그 친구가 국사 시험을 밀려 썼대요. 그거 보는데 저 되게 김샜어요. 금메달 도둑맞은 애처럼 우는데 진짜 가서 한 대 쥐어박고 싶었어요. 재수 없어서. 너무 허무하더라고요. '어차피 걔가 밀려 쓰지 않았으면 나는 또 2등이었을 것이고, 이 1등은 지킬 수 없는 1등이구나.'라는 생각이 들어서요.

이거 엄마한테는 비밀이에요. 내가 1등 해서 엄청 좋아했는데 이거 들으면 엄마도 김새요.

1등 하고 유명해지고 싶으냐고요?

당연하죠. 제가 유명해지면 엄마가 최고로 좋아할 거고 아빠랑 선우도 기뻐하고, 음… 또 걔도 저를 볼 테니까요.

앗, 이건 진짜 엄마한테는 비밀이에요.

거기 알바 하는 애 있잖아요. 아 왜 거기 제가 체리 에이드 먹으러 가는 데! 우리랑 동갑인 애가 거기서 일해요. 당연히 우리 학교 애는 아니죠. 남자앤데.

　저랑 초등학교 동창이에요. 같은 반이 한 번도 아니라서 걔는 저를 모를 수 있는데 저는 걔를 알거든요. 인기가 정말 많았어요. '권준환' 하면 학교에서 모르는 애가 없었어요. 6학년 때는 "슈퍼맨 권준환" 플래카드 세례를 받으면서 전교 회장도 했다니까요. 운동회 때도 준환이가 계주 주자로 뛰면 멋있다고 여자애들이 소리 지르고 그랬어요. 걔는 인사성이 좋아서 눈 마주치면 모두한테 "안녕" 이러는데 저한테도 몇 번 안녕이라고 한 것 같아요. 쑥스러워서 딴청 피우며 지나쳤어요. 그런데 초등학교 졸업하고 3년 만에 우연히 그 커피숍에서 보게 된 거예요.

　정말 깜짝 놀랐어요. 키도 훌쩍 컸고 하얀 피부도 살짝 그을렸지만, "어서 오세요, 안녕하세요." 이렇게 밝게 웃으며 인사하는 모습은 예전 그대로더라고요.

　여자보다 속눈썹이 더 길어요. 낙타같이. 그냥 바라만 봐도 기분 좋은 바람이 솔솔 부는 느낌 있잖아요. 남자친구 사귀어 본 적이 없어서 좋아하는 감정이 뭔지 잘 몰라요. 저런 남자친구 사귀면 어떨까 상상은 해 볼 수 있잖아요. 뭐 아이

돌 멤버 오빠랑 결혼하면 좋겠다는 그런 상상도 하니까. 상상은 죄가 아니잖아요.

걔는 초등학교 5학년 때부터 여자친구가 있었어요. 그 여자애도 탤런트 닮아서 예뻤거든요. 둘이 사귀어서 유명했어요.

나정이도 중학교 때 남자친구를 몇 번 사귀었대요.

어떤 느낌일까요? 남자친구가 생기는 건? 상상만 해도 떨려요.

준환이 막 싸움하고 노는 애 아니었어요. 나정이도 노는 애 아니에요. 공부 안 하면 다 노는 애예요? 남자친구 여자친구 있으면 다 노는 애예요?

나도 예뻐지고 싶어요. 이 돌돌이 안경 너무 벗고 싶어요.

다혜랑 나정이가 이번 만우절 날, 칠판에다 제 안경 쓴 사진이랑 안경 벗은 사진 붙여 놓고 <채반장 성형 전 VS 성형 후> 이렇게 써 놓았거든요. 선생님들이랑 우리 반 애들이 보고 막 웃더라고요. 저를 통해 사람들이 웃는 거 좋아요. 다 안경 벗어 보라고 해서 벗었더니 제 눈이 3배는 커진대요. 훨씬 예쁘다고 친구들이 렌즈 끼래요. 다들 예쁘다고 해 주니까 어깨가 으쓱해지던데요. 제가 예뻐지면 유명해질 거 아니에요.

채연우 하면 다 아는 그런 느낌은 어떤 걸까요?

"8반에 되게 예쁜 애 있대." "8반 반장이래." "쟤야 쟤. 채연우."

상상만 해도 신나잖아요. 그러면 나도 권준환이랑 비슷해지는 거니까, 걔 봐도 안 쫄고 당당할 수 있을 것 같아요. 그런데 엄마는 렌즈도 안 사줘요. 핸드폰도 안 사 주고요. 삐삐라도 사 달라는데 안 된대요. 친구 집에서 자는 것도 안 된대요.

다 대학 가서 하래요. 대학 가면 모든 게 저절로 이루어지나요? 학교도 학원도 싫고 대학은 왜 꼭 가야 하는지 숨이 막혀요.

나정이랑 다혜랑 학원 땡땡이치고 커피숍 갔어요. 그날은 커피숍 입구에서 안경을 벗어 버렸어요. 모든 게 뿌옇게 흔들려 형체의 외각만 어렴풋이 분간되어 보이는 희끄무레한 상태. 새로운 세상이에요. 안 보이는 걸 보려고 애쓰지 않아요.

그때 "너 혹시 채연우 아니야?" 꺼끌꺼끌한 굵은 목소리가 들렸어요. 돌아보니 준환이의 속눈썹이 흐리게 깜박깜박하고 있었어요.

"너 맞지?"

"어? 너 권… 권준환? 너 날 알아? 우리 같은 반인 적 없었는데."

"널 왜 몰라. 너 울보잖아."

"뭐?"

"너 초등학교 1, 2학년 때 집에 간다고 맨날 울던 애잖아. 엄마 보고 싶다고. 너무 크게 울어서 옆 반까지 다 들렸거든. 시끄러워서 누군지 보러 갔는데 너더라."

이걸 웃어야 하는 건지 울어야 하는 건지, 창피해서 말도 안 나왔어요.

"안경 써서 못 알아봤나 보다. 예전엔 안 쓴 것 같은데. 왜 아는 척 안 했어?"

"아니 나도 긴가민가해서. 너는 전교 회장이라 다 알지만 네가 나 모를까 봐."

"왜 몰라? 너 어릴 때 되게 귀여웠잖아. 이제는 안 울고 씩씩해졌다. 아무튼, 반갑다. 오랜만에 여기서 초등학교 동창을 만나네.”

저는 초등학교 때 친구도 별로 없고 내성적인 아이였는데 준환이가 저를 안다는 게 신기했어요. 다른 동네로 이사를 해서 그나마 있던 친구들이랑도 중학교 때 뿔뿔이 헤어졌거든요. 준환이는 거기서 중학교 갔다고 들었는데, 강 건너 여기서 만나다니, 게다가 나를 알다니 가슴이 콩닥콩닥했어요.

“나 내일이면 알바 그만두거든. 전화번호 여기다 써 줄래? 한번 동네서 꼭 보자.”

그러면서 자기 손을 내밀었어요. 나는 그 손을 잡고 한 자 한 자 꼭꼭 눌러서 우리 집 전화번호를 적었고요. 손에 스친 감촉의 미세한 떨림이 온 세포에 강력한 진동으로 전달되는 그런 기분 아세요?

다혜랑 나정이는 첫 남자친구 생기는 거 아니냐고 바람을 넣고 옆에서 더 난리가 났어요. 6년간 인사도 제대로 못했던 준환이랑 먼저 알고 지내는 것부터 하고 싶어요. 저는 더 이상 그때의 채연우가 아니니까요. 내 열일곱은 정말 흥미진

진해요. 제가 마음먹고 바라는 것들이 기대도 안 했는데 이루어지잖아요.

"엄마. 나 권준환 봤다! 권준환!!"

"누구? 너 초등학교 그 잘생긴 회장?"

"응, 준환이가 우리 동네로 이사 왔나 봐. 우연히 길 가다 만났는데 나를 먼저 알아보더라고. 내가 우리 동네 소개해 준다 했어. 잘 했지?"

"초등학교 때 걔랑 특별히 친했어? 서로 잘 몰랐잖아."

"동창이면 다 친구고 이제부터 알면 되지. 엄마도 예전에 우리 학교 회장 참 괜찮다고 그랬잖아. 나 초등학교 친구 갖고 싶어. 내가 우리 집 전화번호 알려 줬으니까 전화 올 거야. 만약에 나 없으면 엄마가 친절하게 받아 줘. 나 올 때 다시 전화하라고."

그날 밤은 어떻게 잠이 들었는지 모르겠어요. 제가 웃으면서 자더라고요. 그런데 다음 날도 다다음 날도 전화가 오지 않았어요. 학원 갔을 때도 나한테 전화 온 게 없대요. 혹시나 해서 커피숍도 가 봤는데 준환이는 그만두고 없었어요.

우리 집 전화가 이상한가, 아니면 내가 안경을 벗어서 숫자 잘못 적었나, 준환이 손바닥에 쓴 숫자가 번져서 지워졌나, 우리 가족이 아무도 없었을 때 전화했나, 분명 그때 전화할 것 같았는데 나 혼자 착각했나.

일주일이 지나도록 아무 연락도 없었어요. 엄마한테 이러니까 핸드폰 사달라고 하지 않았냐고 막 화를 냈어요. 몰래 삐삐라도 만들 걸 후회되더라고요.

다혜는 '자기 핸드폰이나 나정이 삐삐 번호 알려 줄걸. 우리 다 경황이 없었다'며 발을 동동 구르며 아쉬워했고, 나정이는 '그냥 예의상 말한 거였고 진짜 연락할 거였으면 본인 번호 줬을 거다'며 애가 별로라고 다독이며 위로했어요.

갑자기 만화 여주인공이라도 된 줄 알았어요. 나는 평범한 열일곱 채연우인데 말이죠. 솜사탕인 줄 알았는데 구름 잡은 느낌 아세요? 딱 그 심정이에요.

나정이가 풀이 죽은 제게 권준환보다 멋있는 애들이 깔렸다는 걸 보여 주겠대요. 자기 중학교 동창 남자애들이랑 4대 4로 미팅을 하재요. 제가 여중 여고만 다녀서, 남자 보는 눈이 초딩 같다나 모라나. 나정이는 진짜 웃기게 말해요.

저는 고등학교 와서 새로 사귄 나정이가 참 좋아요.

나정이는 우리 반 오락부장이에요. 매사에 긍정적이고 활달하고 친화력도 최고예요. 공부를 잘 하는 편은 아니지만, 그래도 열심히 해요. 엄마는 나정이가 공부 안 하고 논다고만 생각해서 별로 안 좋아하는 것 같아요.

저는 그 친구한테 배우는 게 오히려 많은데요. 나정인 항상 웃어요. 우울함과 슬픔을 모르는 애처럼요. 덕분에 학교 가는 게 즐거워요. "췌반 췌반 내 사랑 췌반" 이러면서 아침 인사해요.

그런 나정이가 하루는 학교를 안 나온 거예요. 걱정돼서 삐삐를 쳐 봤는데 연락이 없더라고요. <8282>를 두 번이나 쳤는데요. 친해졌다고 생각했는데 나정이 집도 제대로 모르더라고요. 다음날 등굣길에 나정이가 학교 정문으로 들어가는 게 보였어요.

"김나정!! 너 어디 아팠어? 내가 삐삐 친 거 못 봤어? 두 번이나 쳤는데??"

"미안. 나 안 아파. 어제 집에 일이 좀 있어서 오늘 아침에야 확인했어. 채반, 근데 혹시 너희 엄마 이름 송연선이셔?"

"어? 갑자기 왜?"

"어제 점심에 옆 동네 신설 마트 갔는데 거기 계산대에서 너희 엄마 본 것 같아서."

"무슨 소리야? 우리 엄마 일 안 해. 전업주부거든."

"그래? 너랑 되게 닮은 아줌마가 캐셔로 계셔서. 그 아줌마 명찰에 송연선이라고 쓰여 있었어. 아님 말고 신경 쓰지 마."

엄마는 내가 집에 가면 항상 있는데, 그럴 리가 없는데….

그날 생리통이 심해졌다고 거짓말을 하고 오전 수업 후 조퇴를 했습니다. 그리고 그 신설 대형 마트에 갔습니다. 거짓말처럼 엄마가 계산대 앞에 서 있었습니다. 파란 유니폼을 입고요. 하늘이 빙글빙글 돌면서 어지럽고 배도 아픈 게 진짜 극심한 생리통이 온 것 같았어요. 집으로 가 한참을 멍하게 누워 있었습니다.

저기서 왜 일을 하는 걸까? 아빠가 사업도 하고 우리 집 나름 괜찮은데 왜?

얼마가 지났을까. 선우가 들어오는 소리가 들렸어요.

"야, 너 엄마가 마트에서 일하는 거 알아?"

"진짜 철없다. 이제야 알았냐?"

"뭐? 넌 알았어? 알았는데 나한테 왜 숨겨?"

"누나가 알고 싶어라 하지 않으니까. 우리 집이 얼마나 어려운지 관심도 없고, 그저 지한테 다 맞춰 주니까 먹고살 만할 줄 아나 봐. 반장됐다고 햄버거를 세트로 돌리라고 하질 않나. 그깟 반장이 뭐가 대수라고."

"우리 집 살 만큼 살아. 그리고 할머니도 있고 외할아버지도 있잖아."

"누나 괜히 신경 써서 공부에 방해될까 봐 우리 학교 가는 시간에 엄마 조용히 일하고 들어오는 거야. 엄마 손발 본 적 있기는 하냐? 정신 좀 차려라!"

"그러는 너는 그렇게 우리 집 어려운 거 알면서 갑자기 축구 하고 싶다 하고 농구 하고 싶다 그랬냐? 야, 너 그거 공부 하기 싫어서 머리 굴리는 거잖아. 돈도 많이 들어가고 운동으로 1등 하는 게 더 빡세거든. 너나 정신 차려."

"난 뭐 꿈도 못 꾸냐. 조던이나 지단처럼 되고 싶었다! 왜!! 그런데 엄마가 다 뒷바라지해 줘야 할까 봐 엄마 불쌍해서 내가 안 하기로 한 거야. 내 꿈 도전도 못해 보고 포기하는 게 억울해서 아빠한테 성질부렸거든. 아빠가 돈 못 벌어서 엄마가 마트에서 고생한다고. 엄마 손발 퉁퉁 붓는다고. 아빠만 돈 잘 벌면 엄마도 편해지고 나도 내가 하고 싶은 거 할 수 있는데 아빠가 너무 밉다고 그랬어.”

“야!! 넌 아빠한테 싸가지 없게…”

“근데!!! 아빠가… 아빠가 눈이 빨개졌어. 아빠 할아버지 돌아가실 때도 안 울었는데…”

“…”

“아빠 마음은 더 찢어진대. 나도 눈물이 나서 아빠한테 미안하더라. 너는 이런 거 하나도 모르잖아. 너는 너밖에 몰라! 엄마 아빠 나 우리 가족이 항상 니 중심으로 돌아가냐?”

선우는 방문을 쾅 닫고 들어갔습니다.

“야! 내가 너라고 하지 말랬지! 혼자 착한 척하지 말고 문 열어. 야, 채선우!”

발로 문을 퍽퍽 찼습니다. 계속 두드리고 차도 문은 열리지 않습니다.

“채연우! 동생 방 발로 차지 말랬지? 학원 안 가고 또 싸우니?”

엄마가 장바구니를 들고 현관에서 들어옵니다.

“엄마! 어디 갔다 와?”

“마트에서 장보고 왔지.”

“정말 장만 봤어? 엄마… 거기서 일도 하잖아. 나정이가
어제 엄마 봤대.”

“연우야, 너 고등학생, 선우 중학생 되고 들어가는 돈이
좀 많아. 또 이번에 반장도 되고 해서…”

“이럴 줄 알았으면 나 반장 안 했어. 나 때문이면 제발 나
가지 마.”

“연우야, 엄마는 괜찮아. 너 사탐 과외 한번 받아 보고 싶
다며? 대학 갈 때 문과는 사탐 잘하면 유리하…”

“안 받아! 그리고 학원도 안 다닐 거야. 돈도 없는데 학원
을 왜 다녀? 돈도 없는데 대학을 어떻게 가? 엄마가 거기서
일하는 거 내가 안 괜찮아. 너무 쪽팔려. 누가 또 보면 어떡
해!”

현관문을 쾅 닫고 나와 버렸습니다. 엄마는 어김없이 뒤
따라 나오고 나는 미친 듯이 닫힘 버튼을 누릅니다. 닫히는

엘리베이터 문 사이로 엄마의 "연우야~!" 목소리가 처연하게 들립니다.

뭐가 그리 바보같이 슬퍼 보이는지. 차라리 예전에 산수 못한다고 자로 내 손을 쳤던 강한 엄마가 더 낫습니다. 왜 저리 약자가 되었을까요? 시원하게 싸대기를 날려도 시원찮을 지밖에 모르는 이기적인 딸인데 뭘 저리 쩔쩔맬까요?

나는 인정하기 싫었습니다. 중산층, 보통의 집안, 그 평범함을 놓치기 싫었습니다. 부자 아빠 엄마를 바라는 게 아니라 지금 내 상황에 조금이라도 변화가 있는 것이 두렵습니다. 그래서 내가 한 일은 모른 척입니다.

아빠가 집에 물비누, 종이비누 등 다양한 비누를 가져와서 좋냐고 물어볼 때마다 대박 날 것 같다고 엄지를 치켜세웠습니다. 잘 알지도 못하고 좋은 것도 모르겠으면서 대충 대답했습니다. '우리 집은 괜찮아, 괜찮을 거야.' 하고 마음속으로 되뇌면서.

놀이터에서 한참을 울다가 집에 들어간 내게 엄마는 이제 안 나갈 테니 걱정하지 말라고 하셨습니다.

다음날 나는 아무렇지 않은 얼굴로 나정이에게 말했습니다.

"나정아, 거기 마트 우리 엄마 맞더라고. 엄마 친구가 아파서 엄마가 몇 번 대타로 도와줬대. 이제 그 이모도 그만둔대서 엄마가 대타 안 해도 돼."

"아 진짜? 아쉽다. 우리 엄마는 이제부터 거기서 일하는데. 반장 엄마랑 친하게 지내면 좋은데 아깝네. 헤헤헤."

"너희 엄마가 거기서 일하셔?"

"응, 동네 마트서 일하다가 이번에 거기 대형 마트로 옮겼어. 동그랑땡 시식코너 하시니까 너 데리고 가면 입에 짱 많이 넣어 줄 걸. 내가 반장 친구 생겼다고 자랑했거든. 같이 가자 췌반. 우리 또 시식 코너 도는 거 짱 좋아하잖아. 이제 뒷백도 생겼어, 우린 헤헤헤."

해말갛게 웃으며 깨알 자랑하는 나정이가 부러웠습니다.

그리고 나 자신이 한없이 부끄러웠습니다. 허울만 좋은 껍데기 반장 채연우. 나라는 아이는 어디서부터 잘못된 걸까요?

나는 내 행동거지와 말투와 마음 모든 게 싫습니다. 그런데 어디서부터 어떻게 바꿔야 할지 모르겠습니다. 평생 이럴까 봐 겁이 납니다.

　엄마가 갑자기 보고 싶습니다. 마트에서 온종일 서서 일했을 엄마가.

마흔일곱

"연우 어머님 되시죠? 저 연우 담임인데요."

올해 3월 전화를 받았어요. 유치원, 초등학교, 중학교 때도 종종 담임 선생님과 통화를 하거나 면담한 적도 있지만, 이번에는 마음이 싱숭생숭하더라고요.

처음 담임을 맡았던 고1. 이제 고1 자녀를 둔 엄마가 되었다는 게 실감이 안 나 봐요. 17년 만에 여고를 다시 가네요. 선생님이 아닌 학부모로요.

연우 학교로 들어가 교무실 앞에 섰을 때 한 번 더 옷매무새를 만지는 저를 보며 낯설었어요. 학교 첫 출근 때도 그랬었거든요. 그때 모습이 생각났어요.

　연우 담임 선생님은 교무부장까지 역임한 중년 남자 선생님이셨어요. 학교 일에 누구보다 노련하게 앞장서고 의욕이 넘치시더라고요. 저한테도 반장 엄마가 해야 할 일이 막중하다, 고등학교 1학년 때 성적이 곧 대학 입시 성적이다, 학부모회 회장을 맡아 달라 하시며 여러 요청이 있으셨어요.

　그런 과한 열정이 제게는 큰 부담이었어요. 학부모회 회장을 맡기에는 제 능력과 자질이 많이 부족하다고 말씀드리니, 바로 우리 학교는 부모님들 돈 걷고, 촌지 같은 거 일절 없다 하시며 계속 권하시더라고요. 제 어깨는 자꾸 앞으로 말리고, 제 목덜미에는 진땀이 흐르며, 제 허리는 연신 굽신거리고 있더라고요.

　첫 담임을 맡았을 때가 문득 생각이 났어요. 막내 동생보다도 새파랗게 어린 저에게 굽신굽신하며 부탁하시던 영주 어머니가 기억나네요. 손수 빚은 떡을 보자기에 싸매고 오신 영주 어머님은 영주가 반장감이 아닌데 되어서 송구

스럽다며 천방지축 가시나 혼낼 거 있으면 혼내 주시고 잘 지도해 달라고 제 손을 몇 번이고 꽉 쥐셨어요.

어머님이 가신 후 보자기 안에서 편지 한 장을 발견했어요. 비뚤비뚤하지만 정갈하게 쓴 큰 글씨체.

〈형편이 어려워서 육성회비를 못 낼 것 같아 죄송합니다. 그러니 학교 복도나 화장실 청소 뭐든지 하겠습니다. 부모가 부족해서 죄송합니다, 선생님.〉

그때 편지를 읽고 눈물이 줄줄 흘렀어요. 부모가 부족하다니요? 돈이 없으면 부족한 건가요? 갑자기 부조리한 현실에 화도 나고, 육성회 폐지를 소리 높여 외칠 수 없는 저의 약한 목소리가 부끄럽기도 했습니다.

저는 어머님께 전화를 걸어서 아무것도 안 하셔도 되고 돈 같은 거 절대 주지 마시라고 단호하게 말씀드렸어요. 영주를 밝고 착하게 키워 주셔서 감사하다고 덧붙였죠. 그래도 어머니는 무얼 하셔야 했는지 주말마다 학교에 나오셔서 영주랑 화단을 가꾸고 청소를 하시더라고요. 그것도 나중에 학교 경비원님께 듣고 알았어요.

그때는 정말 아무것도 안 하셔도 되는데 왜 그러실까 안

타까웠는데 제가 그 상황이 되니 영주 어머님의 마음이 만 번 이해되더라고요. 그 부담스러운 자리는 다른 반 반장 어머니가 맡아 주셔서 피하기는 했지만 나도 여유 있는 부모였다면 당당하게 맡았을 텐데 하고 자격지심이 생기더라고요.

연우는 난생처음 반장이 되어서 들떴는지 언제 친구들 햄버거 사 줄 거냐고 연일 물어봅니다.

"엄마! 옆 반 반장은 피자 쐈대. 나 중학교 때 반장이 햄버거만 돌렸는데 애들이 목멘다고 했어. 꼭 콜라도 같이 돌려야 해. 치즈버거가 제일 인기니까 이왕 돌리는 거 그냥 세트로 돌리자."

"프렌치프라이 식으면 맛도 없어. 햄버거 따로 하고, 콜라는 캔으로 주문할게."

"그냥 세트 돌리면 안 돼? 프렌치프라이 다 좋아해. 캔 콜란 양도 적단 말이야."

저는 머릿속으로 햄버거 단가 가격과 세트 가격의 차이를 계산합니다. 돈 차이가 꽤 나는데, 여러모로 적지 않은

금액이에요. 이런 골치 아픈 계산 없이 저도 화끈하게 딸아이 반장 기념 턱 쏴 주고 싶지요.

아이들 아빠가 요즘 상황이 좋지 않아요. 당연히 재정 형편도 나날이 나빠지고 있고요. 적금 부은 걸 벌써 몇 번째 깨는지 모르겠어요. 그런데 아이러니하게 연우는 고1, 선우는 중1이 되어서 돈 들어갈 일이 배로 많아졌지요.

남편은 연우가 초등학교 6학년 무렵에 회사를 그만두었어요. 시아버님이 돌아가시고, 아버님이 하시던 조그마한 양장점 건물을 물려받았는데 그걸 담보로 자본금을 얻어서 사업을 시작하겠다고요. 더 나이 먹기 전에 도전해 보고 싶고, 노후 걱정 없이 저랑 아이들을 편하게 살게 해 주고 싶다고 하는데 말릴 수가 없었어요. 회사에서는 더 이상 미래와 비전이 없다나 뭐라나.

정말 회사 그만두고 몇 년 뒤에는 IMF까지 터지더라고요. 회사에 있어도 잘릴 위기였을 텐데 처음에는 미리 퇴직금 받고 잘 나왔다 싶었지요.

남편은 비누 원료 사업을 하는데 자꾸 다양한 제품 개발에 헛돈을 쓰더라고요. 종이비누, 물비누, 스프레이 비누

등등. 누구 말에 잘 휩쓸리는 사람이 아니었는데 사업을 하면서 팔랑귀가 되어 가네요.

돈을 버는 게 아니라 매년 까먹고 있어요. 정확히 말은 하지 않지만 마이너스 통장으로 생활비를 가져다주는 것 같아요. 남편이랑도 자연스레 말수가 줄어들어요. 무리해서 교육 좋은 동네로 이사 온 거 후회는 없지만 그래도 버티기가 버겁네요.

다 우리 연우, 선우를 위한 결정이었어요. 맹모삼천지교라고 하잖아요. 연우, 선우한테 좋은 환경을 만들어 주고 싶었어요.

연우가 그래도 초등학교, 중학교 때 공부도 곧잘 했어요.

저학년 때는 자주 앓아서 결석을 종종 했는데 고학년 올라갈수록 출석 일수도 좋아졌고 학습 태도까지 모범적이었어요. 반에서 중간 안팎이던 등수도 고학년 되면서 점점 상위권으로 가더라고요.

초등학교 내내 학원이라면 본인이 원하던 글짓기 학원이랑 영어 학원만 보냈는데도 공부를 꽤 하는 거 같아서 욕심이 나더라고요.

주위 연우 친구 엄마들, 아파트 주민 엄마들도 이제 선행 학습 안 하면 애들이 학교에서 못 따라간다 하고요. 학교 수업 과정으로 충분하고 부족한 부분은 내가 보충해서 가르칠 수 있다고 과신했나. 사실 더 잘 할 수 있는 애를 학원도 안 보내고 선행 학습도 안 시켜서 10등 정도에 머무르나. 우리 때는 이 정도까진 아니었는데 매년 입시 제도가 어떻게 계속 들쭉날쭉 바뀌나.

점점 조바심이 들더라고요. 이미 교정을 떠난 지도 오래되었는데 과거 선생님이라는 틀에 갇혀서 꼰대 짓을 하는 것 같았어요. 내 이상한 똥고집 때문에 애들을 망칠 수 없다고 결론을 내렸죠.

남편이 회사를 그만둔 후에 모든 것을 새롭게 시작하자는 의미로 이사를 온 거예요. 오래된 낡은 아파트에 집도 더 작아지고 빚진 전세지만 아이들에 대한 희망이 있었어요. 남편도 집이랑 멀지 않은 곳에 조그마한 사무실을 얻고요. 저나 남편 둘 다 어렵게 용기를 낸 거죠.

저는 동네에서 유명한 학원을 알아보고, 직접 상담도 받으러 다녔어요. 선행 학습을 처음 시키는 거라 먼저 종합반부터 보내기 시작했어요.

진심으로 좋은 엄마가 되고 싶었어요. 애들 교육에는 아낌없이 투자하고 싶었습니다.

저는 어릴 때 공부하라는 말을 집에서 한 번도 들어 본 적이 없거든요.

"세일이 세훈이 교복 다려 줘라." "행주 빨아 와라." 그런 거나 듣고 자랐어요. 내 교복도 내가 다리고, 오빠와 동생들 교복도 내가 다려 줬어요.

아빠는 공장장이고 엄마는 공장 근처에서 식당을 한다고 항상 늦게 들어왔어요. 그런데 자주 술 먹고 들어와서 그렇게 노래를 불러요, 시끄럽게.

우린 공부해야 하는데 둘이 그렇게 노래를 부른다니까요. 심지어 우리한테도 노래하래요. 나한테 김치전 해 오라고 고래고래 소리치고 집에 와서도 술상을 찾았어요.

정말 싫었어요. 그때 연희랑 이불을 뒤집어쓰고 자는 시늉을 했어요. 서로 귀를 막아 주면서 "음아아아~~" 소리를 내었지요. 아니면 귀에다 솜을 틀어막고 수학 문제를 풀었어요.

　내 인생이 마치 끝나지 않는 터널로 보였는데 수학은 처음에는 깜깜하다가 결국에는 답이 나오거든요. 정신없이 집중하게 만드는 게 바로 수학이었어요. 어쨌든 문제와 한바탕 싸우면 명쾌한 답이 나오잖아요. 그래서 저는 수학이 좋았나 봐요.

　수학, 당연히 어렵죠? 그래서 한 문제씩 풀 때마다 나에게 초콜릿 한 알씩 줬어요. 달콤하고 쌉싸름한 게 스트레스 풀리고 큰 위로가 된다니까요. 내가 나에게 주는 소소한 선물이었죠.

　그래서 저는 나중에 엄마가 되면 술도 한 모금 안 마시고 아이들을 다 돌봐 줄 거라고 다짐했어요. 항상 꿈꿨거든요. 나도 학교에서 집으로 돌아오면 엄마가 간식도 만들어 주고, 내 숙제도 같이 봐 주고, 내 교복도 새것처럼 빨아 주고 다려 주는 상상이요. 내가 꿈꾸던 엄마가 되고 싶었어요.

　대학 입학 원서 쓸 때도 부모님은 관심이 없었어요.

　제 담임 선생님이 나서서 경쟁률 보고 지원을 도와주셨

어요, 안전빵을 하나 걸고 나머지 두 곳은 제가 원하는 학교에 지원했지요. 안타깝게도 안전빵을 빼고는 모두 대기번호를 받고 아쉽게 떨어졌어요.

선생님은 너무 아까우니 재수를 한번 해 보자고 제안하셨어요. 분명 내년에는 가고 싶은 대학을 다닐 수 있을 거라 응원해 주시면서요.

재수해서 원하는 대학을 꼭 가고 싶었는데도 아빠 엄마는 여자가 재수 없게 무슨 재수를 하냐며 노발대발해서 포기했어요. 대학 보내 주는 것만으로도 고마운 줄 알아야 한다고요.

공부에 한이 있었어요. '나도 다른 집 애들처럼 엄마가 공부 봐 주고 신경 써 줬으면 더 좋은 대학도 가고 더 유능한 여자가 되었을 텐데.' 하다가도, '그 시대 부모님들은 다 먹고살기가 빠듯했지.' 하고 위안 삼아요. 그런데 우리 시대도 먹고 살기가 만만치 않네요.

잘 키우고 싶어요. 정말. 제가 공부하면서 집에서 별로 도움을 못 받아서 그런지 똘똘한 내 아이들한테는 부족한 거 없이 다 해 주고 싶습니다. 애들이 원 없이 하고 싶은 공부

다 해 보는 게 제 소원이거든요. 그런데 제가 연우 마음을 잘 모르나 봐요.

공부만 하라는 엄마가 싫대요. 공부 잘해야지 자기를 좋아하는 엄마래요. 그건 절대 아닌데요. 음, 아닌가요? 설마 그런 엄마가 되어버린 걸까요?

십 년 후면 저는 슈퍼맘이 되었을 줄 알았어요. 엄마로서 전문가가 되기는커녕 더 헤매고 있네요. 차라리 십 년 전이 더 쉬웠어요. 지금은 어디서부터 어떻게 아이들에게 손대야 할지 모르겠어요.

선우는 중1인데 벌써 키가 176cm가 넘어요. 얼굴은 아기인데 덩치는 성인이지요. 어려서부터 그렇게 밖에서 공놀이를 좋아하더니 중학생이 되어서도 몸으로 하는 걸 하고 싶어라 하는데…. 저는 애 몸 다칠까 봐 운동 안 했으면 하거든요. 취미로만 하자고 다독이는 중이에요. 아직 사춘기가 안 왔는지 말을 누나보다 훨씬 잘 들어요.

문제는 연우예요. 연우가 요즘 부쩍 멋을 부려요. 교복을 좀 줄여 달라고 하질 않나? 갑자기 안 끼던 렌즈를 사달라고 하지를 않나? 이제는 핸드폰까지 사 달라고 졸라요.

한창 공부할 애가 눈 아프게 렌즈에 핸드폰이라니. 안 그래도 중학교 때 갑자기 시력이 눈에 띄게 떨어져서 검사까지 받고 했는데 그런 건 다 잊어버렸는지 도무지 이해가 안 돼요.

한번은 담임 선생님한테서 전화가 왔어요.

"연우 어머니, 연우가 반 친구들과 모두 잘 어울립니다. 상당히 리더십이 있는 친구예요. 그런데 친구들이랑 놀면서 좀 붕 뜬 것 같네요. 선생님들이 그 반 반장은 수업 태도가 왜 그 모양이냐고 몇 번이고 컴플레인이 들어왔어요. 조금 있으면 중간고사인데 지도편달 부탁드립니다."

제가 할 말이 없더라고요. 중학교 때까지 선생님 말씀도 잘 듣고 공부도 열심히 하고 착한 아이가 왜 저리 안 하던 짓을 하는지 속이 상합니다.

중학교 3학년 기말고사는 반에서 1등까지 했어요. 그렇게 차근차근 성장하는 게 얼마나 기특했던지. 고등학교가

내심 기대되더라고요. 또 공부를 잘하는 친구들이 외고, 과고로 빠지기도 했고요. 연우가 고등학생 되면 더 빛을 발하겠구나 했었는데 요즘 무슨 말만 하려고 하면 문을 잠그고 들어가 나오지도 않아요. 공부한다고 하는데 제대로 공부하는 건지 모르겠어요. 혼내면 더 엇나갈까 봐 큰소리도 못 치겠고요.

친구들을 잘못 사귄 건가? 내심 걱정도 되고요. 남녀공학 출신 애들이 이번에 연우 학교로 많이 배정되었다 하더라고요. 괜히 그 친구들 분위기에 휩쓸려 겉멋이 들었나 싶기도 합니다. 반 친구들 중에 중학교 때 남자친구 사귄 애들 많다는 얘기하는 거 보면 부러워하는 것 같아 걱정됩니다.

아니 왜 고등학생이 이성 친구를 사귀어요? 대학 가면 남자친구 얼마든지 만들 수 있는데 왜 벌써 사귀려 들어요?

저는 고등학교 3학년 때 학교 결연 맺은 독서 토론회에서 남학생들이랑 얘기해 본 거가 다예요. 대학교 가서나 미팅을 했죠. 고등학교 때는 생각도 못 해 봤어요.

집에 오면 방 안으로 쏙 들어가 버리는 연우가 어느 날은 거실에서 서성거리더라고요. 부엌 식탁에서 공부한다고 하다가, 전화벨 소리가 울리면 득달같이 달려 들어가 받아요. 뭔가 이상해서 물었죠.

"너 기다리는 전화 있니?"

"나정이"

"나정이 전화 오면 엄마가 바꿔 줄게. 들어가."

"아니야, 금방 올 거니까 내가 전화기 갖고 들어가도 돼?"

"채연우! 당장 안 들어가!!"

"아! 진짜 짜증나."

문을 쾅 닫고 들어가 버립니다.

얼마 있다 전화벨 소리가 울리니 또 쏜살같이 뛰어나옵니다. 나정이네요. 저는 나정이와 자주 전화하는 게 마음에 들지 않습니다.

한번 통화하면 한 시간은 기본이에요. 지금 쟤들이 통화나 하고 있을 때가 아닌데, 보고 있자니 답답합니다. 전화선을 뽑아 놓고 싶은 심정이에요.

나정이랑 통화했는데도 여전히 전화기를 자기 방에다 붙잡아 둡니다. 화가 머리끝까지 나서 "전화선 뽑아 버린다.

전화기 갖고 나와!!!"라고 하니까 전화선 뽑지 말라고 뛰어 나오네요.

　그러면서 권준환을 봤다는 얘기를 합니다. 기억하지요. 멀끔하고 성격 좋은 연우네 초등학교 회장 아이였어요. 그 엄마도 고등학생이 되니까 이 동네로 이사 왔나 봐요. 초등 학교 때부터 열성적인 엄마였거든요. 기껏 엄마들이 공부 하라고 힘들게 이사 왔는데 얘네들은 반갑다고 서로 놀 생 각이나 하고 있다니 기가 찹니다. 그리고 요 한두 달을 계 속 거울만 들여다보는 이유도 알겠네요.
　연우에게는 전화 오면 얘기해 준다고 말을 했어요. 다음 날 주말이었나. 연우가 학원 간 사이에 전화벨이 울리더라 고요.
　"여보세요? 거기 채연우네 집이에요?"
　변성기가 갓 지난 남자아이 목소리였어요. 직감적으로 준환인지를 알았지요. 그리고 지금 연우에게 도움이 되지 않을 아이라는 것도요.
　"누구요?"
　"채연우요. 연우요."

"그런 사람 안 사는데. 잘못 걸었네요, 학생."

"아, 죄송합니다."

조금 이따 다시 전화가 오더라고요.

"안녕하세요? 채연우 집 아닌가요?"

"잘못 걸었다니까요. 전화하지 마요."

"아…, 네."

우리 아이를 위해서, 그리고 그쪽 아이를 위해서 저는 제 선택이 옳다고 믿어요. 우리 애들을 위해서 제가 뭘 못하겠어요?

저 일도 합니다. 아이들 모르게 맞벌이를 하는 거죠. 제가 일하지 않으면 우리 먹는 거 입는 거 애들 공부시키는 거 어떤 것도 하기 힘듭니다. 남편은 한 달에 백만 원 남짓 겨우 집에 가져오니까요. 시어머님이 애 아빠가 주는 용돈을 모아서 제게 보태 쓰라고 하는데 시댁 사정을 알아서 덥석 받을 수도 없었어요. 그렇다고 친정아버지한테 돈 꾸러 가는 것도 내키지 않고요. 아버지가 오빠랑 남동생이 가게 한다고 해서 도와줬거든요. 우리 집까지 챙길 여력은 없을 것 같아요. 연희도 아등바등 빠듯하게 사는 건 매한가지고요.

제 고등학교 친구 중에 돈 걱정 안 하고 명품 백화점에서만 장 보는 친구 있거든요. 그 친구는 애들한테 고급 유기농 제품으로만 사다 먹이던데 씁쓸하더라고요.

연우가 아직도 코를 자주 킁킁거리고, 기침도 콜록콜록 잘 하거든요. 기관지가 약하고 알레르기에 민감해서 유기농으로만 먹이고 싶은데 지금 제 상황으로는 여의치 않아요. 그래도 웬만하면 우리 토종 농작물로 요리해요.

한창 예민한 아이들에게 집이 힘들다는 얘기는 하고 싶지 않았어요. 처음에는 수학 학원 강사나 수학 과외를 해 볼까 생각했어요. 연우 초등학교 때, 연우 친구들 몇 명해서 공부방처럼 수학을 가르쳤거든요. 친구 엄마들이 학원보다 낫다고 저한테 맡겼었어요. 그때 기억으로 수학 학원, 수학 과외 문을 두들겨 봤는데 모두 거절당했어요. 경력이 오랫동안 단절되었고 나이가 너무 많대요. 하는 데까지 알아봤는데 받아 주는 데가 없더라고요. 왕년에 촉망받던 고등학교 수학 선생님이었는데 이렇게 찬밥 신세네요.

속상할 시간도 사치예요. 바로 다른 일자리를 알아보니, 옆 동네 신설 마트에서 파트타임 직원을 구하고 있었어요. 오전 10시에서 오후 4시까지 일하면 애들 등하교 시간과도 안 겹치고 괜찮더라고요. 처음에는 파란 유니폼과 내 이름표가 어색했지만 금방 적응되네요.

계속 잘 감출 수 있다고 생각했는데, 눈치 빠른 선우는 어느새 알아차리더라고요. 요즘 학교에서 돌아오면 엄마 손발이 왜 이리 붓고 텄냐고 로션을 발라 주물러 줍니다. 어릴 적부터 속정이 남다르더니, 이제는 듬직하게 의지가 되네요.

아직 큰딸 연우한테는 말을 하기가 꺼려져요. 그러다 연우 친구를 마트에서 봐 버렸어요. 이번에 연우가 고등학교 올라가 새로 사귄 나정이. 연우 방 치우다가 나정이랑 같이 찍은 스티커 사진들을 많이 봤거든요. 단번에 알아봤지요.

저 아이는 왜 학교에 있을 시간에 옆 동네 마트까지 왔을까 하고 봤는데 어린 남동생 손을 끌고 왔더라고요. 남동생은 정신없이 두리번거리며 혼자 중얼중얼해요. 계산대 사이로 휙 지나서 어디로 가나 봤더니 새로 오신 여자 점원

분 옆으로 가더라고요. 그 여자 분은 나정이 손에 요구르트 랑 과자 두어 봉지를 쥐여 주고 만원을 건네요. 나정이는 "울 엄마 파이팅!" 하더니 그 점원 분을 꼭 안아 주네요. 그 리고 제 계산대에 와서 동그란 눈을 하고 생긋 웃으며 "감 사합니다." 하고 가네요. 생각했던 것보다 훨씬 맑고 밝은 아이였어요.

다음 날 아침, 마트 탈의실로 들어서는데 어제 처음 오신 그 여자 분이 제게로 다가오셨어요. 그리고 조심스레 물으 셨어요.

"안녕하세요. 저 혹시 어제 저희 아이들이 계산대서 실수 하지는 않았나요? 계속 경황이 없어서 이제야 여쭤보네 요."

"전혀요. 애들이 참 예쁘던데요."

이내 그분의 마음이 편해 보였어요. 둘째 아이가 조금 아 파서 특수 학교를 보내는데 어제는 죽어도 안 간다고 생떼 를 써서 누나가 학교까지 결석하고 놀아 준 거였대요. 큰딸 한테 항상 미안하고 고맙다며 쓸쓸하게 웃는 그분 앞에서 '저 나정이 친구 엄마입니다.'라는 말이 잘 나오지 않더라고요. 제가 나정이를 오해했던 게 생각나서요. 약한 동생을 돌봐주고 일하는 엄마에게 힘을 주는 그런 좋은 아이를 갖다가 연우에게 같이 놀지 말라는 식으로 말했으니까요. 연우가 저보다 사람 보는 눈이 훨씬 낫구나 싶었어요. 나정이에게도 연우에게도 참 미안했습니다.

그런 마음으로 집에 왔는데 연우는 내가 마트에서 일하는 게 창피하다고 한바탕 난리를 치네요. 순간 나정이 엄마가 한없이 부러웠어요.

뛰어나가는 연우를 잡으려고 뒤따라 나갔어요. 연우가 엘리베이터를 타고 내려간 직후였지요. 따라 내려가려고 버튼을 누르러 밑을 보는데 제가 맨발이더라고요. 부르튼 내 맨발을 보는데 울컥하지 뭐예요. 나도 내 자식을 위해 일하는 건데 왜 이런 취급을 받아야 하나. 연우도 착한 딸이었는데 나 때문에 저렇게 된 건가.

온갖 착잡한 생각이 드는 와중에 친정아버지한테서 전화가 왔습니다.

"연우가 울면서 전화 왔었다. 할아버지가 우리 집 좀 도와달라고. 왜 말 안 했냐?"

"연우아빠 혼자 벌어서는 애들 키우기 빠듯해요. 나 괜찮아. 우리 먹고는 살아요."

"엄한데 다니지 말고 내일부터 오빠 가게 나와서 거기서 카운터 봐라. 그러면 월급 섭섭지 않게 줄게. 애들 학교 갈 시간에, 점심 시간대에 사람들이 많으니까 그때 와라. 가끔 주말에 나오고."

"카운터 새언니가 보는 거 아니야? 엄마가 보나?"

"됐어. 엄마는 다리 아파서 오래도 거기 못 서 있어. 니가 나와."

아버지가 가끔 애들 안부 물으러 전화할 때는 있어도 이번처럼 나에게 볼일이 있어서 전화한 적은 없었는데…. 기분이 묘하네요.

저는 오빠 가게 국밥집으로 출근했습니다. 오전 11시부터 3시까지 아이들 학교 갈 시간에 가서 카운터를 봅니다. 가끔 서빙도 하고요.

엄마와도 전보다 자주 마주칩니다.

오빠랑 동생이 동업하는 국밥집은 다행히 점심시간에 발 디딜 틈도 없이 장사가 잘 됩니다. 점심시간에 손님이 들어왔다 빠지면 저도 반 탈진이 되는 것 같아요.

한번은 엄마가 눈을 흘기며 내게 말합니다.

"너처럼 하는 거 없이 돈 편하게 버는 애가 어딨니? 결국은 가족밖에 없지? 그니까 이렇게 자주 보면 좀 좋아."

"저 꼬박꼬박 출근해서 반나절 서 있고, 무거운 거 서빙도 하고, 격주로 주말까지 나와요. 제가 왜 하는 게 없어요?"라고 하고 싶었습니다. 그러나 저는 웃으며 대답했어요.

"네, 그러게요."

입에서는 단내가 진동하면서 말이에요. 아이들이 있으니 엄마의 빈정거림도 비수가 되지 않더라고요. 어쩌면 그동안 친정을 잘 안 온 것에 대한 엄마의 서운함이었을지도 몰라요. 말을 곱게 하는 방법을 엄마도 모를 수 있어요, 나처럼.

주말 근무 날에, 남편이 지하철역까지 데리러 나오네요. 묵묵히 내 가방을 듭니다.

"힘들지? 미안해." 하고 손을 잡네요.

나는 손을 슬며시 빼서 남편 코에다가 가져다 댑니다.

"냄새나?"

"무슨 냄새? 고깃국 냄새?"

"아니 돈 냄새. 온종일 돈 만지니까 손에 냄새가 박혔어.

남의 돈 말고 내 돈을 쉴 새 없이 세어 봤으면 원이 없겠
네."

"당신 손, 예전에는 분필 냄새났었는데…."

"여보, 어깨 펴. 왜 그래? 죄지은 사람처럼. 당신도 우리
더 잘 먹고 잘살게 해 주려고 그런 거잖아."

"연우엄마."

"연우아빠, 나 분필 가루 가득한 손일 때도 쉬는 시간마
다 손 씻었거든. 돈 냄새로 꽉 찬 손일 때도 진짜 많이 씻게
되네! 하루에 비누를 몇 번이나 문대는지 몰라. 하얗고 말
간 타원형 비누. 가루비누, 물비누, 뭐 스프레이 새로운 거
말고 딱 기본! 기본 비누가 언제 어디서나 소비되더구면.
당신 아이템 하나는 기똥차게 잘 잡은 것 같아."

남편은 내 손을 잡아 깍지를 끼네요. 오랜만에 깍지 끼고

남편과 집으로 걸어갑니다. 이것도 시간이 지나면 아름다운 추억이 될까요? 남편이 미울 때도 많았는데 오늘은 특별히 가여운 저녁이네요.

남편이 말합니다.
"우리 돈을 쉴 새 없이 만지는 날이 올 거야. 연우엄마!"

쉰일곱

저 지금 뭐하냐고요? 돈 만지고 있었어요. 우리 남편 사업이 대박을 쳤냐고요? 그럼요, 치고 말고요! 그 정도면. 아니 사실 거의 칠 뻔했지요. 중박에서 멈췄지만. 그래도 그게 어디예요?

그렇다고 제가 만지고 있는 게 그 돈은 아니에요. 오해하지 마세요.

남동생 세훈이가 독립해서 순댓국집을 하거든요. 새롭게 오픈한 가게라 가끔 가서 도와줘요. 돼지머리 삶는 것부터 순대 써는 것까지 도와주니 돈豚을 쉴 새 없이 만지는 거죠.

아? 예전처럼 꼭 돈을 벌려고 나가는 건 아니에요.

남편 사업이 애들 대학 등록금은 낼 수 있을 정도로 안정되어 갔거든요. 연우가 대학 입학하고 나서부터 조금씩 남편의 사업에도 숨구멍이 열리더라고요.

동그랗고 두툼한 타원형 비누를 전국 안 가리고 목욕탕, 찜질방, 숙박업소 등에 납품하더라고요. 발품 팔아 가며 우직하게 고객들의 문을 끊임없이 두들겼어요. 워낙 성실하고 정직한 사람이라, 점점 남편을 찾는 대리점들도 늘어났어요.

기본에 충실하니까 가늘고 길게 가게 되더라고요. 사람이 버티고 버티니까 죽으라는 법은 없대요. 그걸 이제야 깨달았는데 이미 나이를 확 먹어 버렸지 뭐예요?

애 아빠가 예순이 되었습니다. 예순에도 활발하게 일하고 있으니 대견하기도 하고 부럽기도 하고 그래요. 남편 인생은 아직 진행형 같아서요.

저도 곧 3년 후면 예순이 될 생각을 하니 내 인생은 도대체 어디로 흘러가나 싶어요. 남편도 열심히 일하고 애들도 회사 가느라 학교 가느라 바쁘고 나만 집에 있더라고요. 집에만 있기는 답답해서 동생 가게에 나와서 올케랑 수다도 떨고, 순대도 썰어 주기도 하고 그래요.

국밥집 나가면서 서로 치댄 게 도움이 되었는지 엄마와 도 예전보다 사이가 나아요.
세훈이 가게에서 스스럼없이 만나고, 엄마 집에 가서 고스톱도 치고 놀아요. 연희도 같이요. 저랑 연희는 엄마랑 같이 셋이 노는 거 상상도 못 했어요, 어렸을 땐.
아버지도 돌아가셨는데 혼자 집에서 얼마나 외롭겠어요, 엄마도.

연우 대학교 입학하고 2학기 때인가 추석날, 온 식구가 모였지요. 가게도 다 쉬는 날이니까요. 저희도 시댁 갔다가 빨리 아버지 집으로 왔어요.
아버지가 입이 짧으신 편인데 그날은 밥 다 잘 드시고 송편에 약식까지 자시고 약주도 하셨거든요. 유독 기분이 좋으셨는지 손주들한테 용돈도 주시고요. 그 후에 소파에 누우셔서 살짝 잠이 드신 줄 알았어요. 좀 있다가 아버지가 캑캑거리며 고개를 들고 손을 뻗으셨어요. 모두 놀라 혼비

백산이 되었죠. 신속하게 병원으로 이송했지만, 아버지는 삼 일만에 돌아가셨어요. 약간의 당뇨 말고는 지병도 없으셨는데 갑작스러운 이별이었어요.

아버지를 처음 발견한 게 저랑 연우예요. 손을 뻗고 우리에게 무슨 말씀을 하시려는 것 같았거든요.

"가가가아…."

아버지의 눈빛이 자꾸 마음에 남아요.

"가장 사랑한다고 말씀하시려던 것 같아."

연우가 그렇게 말했어요. 아버지가 얼마나 첫 손주를 아꼈는지를 알기에 "그래, 너한테 하신 말씀 같다."라고 했지요.

"에이, 엄마를 닮아서 나를 사랑하신 거지. 엄마가 자식 중에 제일 좋아서 마지막까지 엄마 보고 가셨나 봐."

연우가 가끔 제 마음을 뭉클하게 해요.

아버지가 저를 미워한다고만 생각하고 살았는데 결혼하고 애 낳고 살면서 사실 아버지 도움을 제일 많이 받았더라고요.

연우 입학식 때마다 애 교복 사 입히라고 꼬깃꼬깃한 지폐를 모아 주시고, 연우 고3 때는 어디서 귀한 녹용도 달여 오셨어요. 연우 첫 대학 등록금은 꼭 본인이 선물하고 싶다고 내주셨고요. 아버지한테도 연우가 정말 소중하다고만 느꼈어요. 그 사랑 안에 저도 포함된다는 생각을 못 했죠.

단둘이 대화해 본 적도 별로 없고 데이트를 한 적도 없고 서로 무뚝뚝한 부녀였거든요. 고맙다는 말 한마디조차 못 드리고 헤어지니 후회되는 게 많았어요.

있을 때 엄마한테도 가족한테도 잘하려고요. 아버지한테 고마운 몫까지요.

그래서 연희와 같이 엄마를 종종 찾아뵈어요. 엄마 나 연희 이렇게 셋이 있을 때가 부쩍 늘었는데 마음이 허해지더라고요. 젊디젊었던 새엄마도 칠순을 훌쩍 넘긴 백발의 꼬부랑 할머니가 되었고요. 연희의 그 해사했던 얼굴엔 주름이 자글자글해요. 머리는 벌써 반백이고요.

그들이 보는 저도 그렇겠죠?

내 청춘이 야속하게도 정신없이 흘러간 것 같습니다. 호

르몬 변화인가 괜스레 서글퍼지고 눈물도 나네요. 속절없이 흘러간 시간이 마냥 섭섭하기도 합니다.

거울 속에 나는 이제 중년을 훌쩍 넘어선 것처럼 보입니다. 한 달에 한 번씩 하던 그 지겨운 달거리도 하지 않습니다. 고등학교 동창들이 우린 옛날 옛적에 끝난 것을 아직도 했냐며 제일 젊다고 농을 치는데 저는 웃으면서도 씁쓸해요. 결혼하고 애들 키우느라 제가 이렇게 늙어가는 건 보지를 못했어요.

여자였어요, 저도. 20대 시절 사진을 꺼내 보니 제가 봐도 싱그럽고 곱더라고요. 잠시 그걸 잊고 살았나 봐요.

연우랑 선우는 제가 태어날 때부터 엄마인 줄 알아요. 그래서 제 마음의 변화가 낯선가 봐요.

"엄마 갱년기야? 몸에서 열나고 귀에서 소리 나고 그래?"

"귀 소리는 30대부터 났어. 요즘에 잠이 잘 안 와."

"엄마는 늦게 왔네. 내 친구 엄마들은 이미 다 지나갔대."

"갱년기가 사춘기냐?"

"그게 그거지."

연우는 이럴 때 참 무심한 딸이에요. 자기도 빨리 생리 끝났으면 좋겠다는 이야기를 하지 않나 철이 없어요.

"엄마 왜 그래? 기운 내. 엄마가 그러니까 이상해."
선우가 말은 서먹하게 하는데, 인터넷에서 찾아봤는지 석류 주스를 사서 냉장고에 쓱 넣어 놓았더라고요. 가끔 꽃 다발을 사 오기도 하고요. 어떨 땐 둘째 아들이 더 세심하다니까요.

무심하든 세심하든 아직도 내 품 안의 아기들 같습니다. 내 삶을 새롭게 찾고 싶다가도, 결국 내 삶이 가족이더라고요. 특히 우리 애들요. 애들이 문제가 생기면 변덕스럽던 몸과 마음도 다잡게 돼요.

연우는 대형 출판사를 다니고 있어요. 어려서부터 그렇게 책을 좋아하더니 결국은 책 만드는 곳으로 가더라고요. 취직난 속에서도 좋은 직장에 입사해서 자기 갈 길 가는 연우가 대견해요. 그런데 요즘 연우가 늦게 들어오는 일이 잦습니다. 일찍 들어오라고 해도 야근이다, 회식이

다 해요. 별로 좋아하지 않던 술도 자주 먹고요.

언제는 술을 잔뜩 마시고 들어오더니 "엄마, 나 출판사 그만둬도 괜찮아?"하며 대뜸 푸념을 늘어놓다가 잠들어 버리더라고요. 회사 생활이 역시 힘든가 봐요.

선우는 군대 제대하고 이제 2학년으로 복학했어요. 입대가 좀 늦었거든요. 선배 형들이 경영학과 나온다고 다 취직되는 거 아니라고 미리 전문직 시험을 준비하라 했나 봐요. 일찍 안 한 게 후회된다는 말에 필 받았는지 1학년 마치고 대뜸 휴학하더라고요. 이른 나이에 경험해 보고 아니면 빨리 포기하는 게 좋다고 생각해서 지지해 줬어요. 회계사 시험 두 번 떨어지고 바로 군대 갔어요. 마음 정리를 싹 하고 왔겠다 싶었는데 마지막으로 회계사 시험에 다시 도전하고 싶대요.

둘 다 불안해 보입니다. 사회생활 초보자인 아이들에게 무슨 말을 해 줄 수 있을지 잘 모르겠어요.

제가 연우 나이에 선생님 4년 차였어요. 하고 싶었던 일을 하는데도 교직 생활이 지치고 힘들었어요. 꾹 참고 출근하다 보면 또 어느새 나아지더라고요. 그때 첫 담임도 맡고 결혼도 하고 돌이켜보면 제 인생에 버라이어티한 한 해였네요.

우리 연우는 지금 어떨까요?

애들 엄마들 모임에 나가도 서로 비슷한 고민입니다. 연우, 선우 학교 친구 엄마들이랑 친해져서 모임이 몇 개 있거든요.

그 중 '오우회'라고 이름 지은 모임이 있어요. 다섯 엄마의 우정 뭐 이런 의미죠. 애들이 엄마들한테 친구도 만들어 준 거예요. 같은 또래 애들을 키우니 아무래도 공감대가 잘 형성되지요. 고등학교, 대학교 동창들이랑 또 다른 재미가 있거든요.

애들이 서로 동창이고 애들이 서로 친구니까 우리의 나이도 이름도 다 필요가 없어요. 아무도 안 물어봐요. 설사 안다고 해도 이름을 부를 일은 없고요. 나이도 어렴풋이 듣긴 들었는데 중요치가 않아요. 어차피 애들이 동갑이면 우리도 동갑이거든요. 얼마나 자유스럽고 좋아요. 언니 동생 그런 것도 없고.

나정엄마, 다혜엄마, 경아엄마, 지연엄마, 연우엄마 그렇게 불려서 섭섭하다는 생각 못 했는데요. 만약 마음에 걸렸으면 모임 중 어떤 엄마라도 우리 각자의 이름을 부르자 했겠죠. 또 모임을 나가면 우리 얘기보다 아직도 애들 얘기하기 바빠요. 그래서 애들 이름으로 부르는 게 훨씬 편해요.

애들 교육 문제, 대학 문제, 군대 문제, 취업 문제 때로는 연애 문제까지! 자식들 때문에 힘든 고비마다 서로 믿고 의지하는 전우애가 있어요, 우리에게는.

벌써 애들 결혼 축의금 액수도 어떻게 할지 정해 놓았는 걸요. 애들은 아직 결혼 생각도 없지만요.

엄마들은 자식들보다 선행해요. 앞장서 가서 배를 끌고 오고 배에 태워 주죠. 그것도 불안해서 같이 배에 탑승해요. 그러다 고기까지 잡아 주지요.

직접 잡아 주는 게 아니라 스스로 잡는 법을 알려 줬어야 했는데 뒤늦게 아차 싶다니까요. 먼저 내 입으로 씹어서 애들 입에 넣어 주니까 정작 소화 능력은 더 약해진 거예요. 우리 모두 오냐오냐 키운 거 아니냐며 주책바가지였다 하고 자기반성의 시간을 가져요. 다들 자기 자식한테 미안해

해요. 전부 초보 엄마들이었으니까요.

엄마 노릇은 세월이 흘러도 노련해지기가 어려워요. 미로 속 초보 단계에 머무는 느낌이랄까.

연우한테 문자 하나 보내는 데도 힘이 들거든요.

〈나 늦어 먼저 자.〉

연우한테서 이렇게 문자가 와요.

〈어딘데? 누구랑 있는데? 언제 들어오는데? 빨리 들어와!!!〉

더디게 치다가 다 지워요.

〈왜 또 늦어? 회식이니? 몸이 힘들지 않니?〉

완곡하게 바꿔서 새롭게 써요. 그러다 또 지워요.

전화를 걸려고 통화 버튼을 누르려다 〈전화 좀 줘.〉라고 문자를 썼어요. 전송 누르기 직전에 다시 지워버립니다.

결국, 제가 보낸 문자는 〈알았어.〉예요. 겨우 세 자 보내는 데 30분 이상 걸린 것 같아요.

가뜩이나 잠도 잘 안 오는데 제 눈은 더 말똥말똥해집니다. 새벽 12시, 1시, 2시가 훌쩍 넘어 버리자 인내심의 한

계가 오더라고요. 현관문 열리는 철컥 소리에 제 몸이 반사적으로 번개처럼 튕겨 나가더라고요.

"너 지금 몇 시야?"

"안 잤어? 내가 늦는다고 했잖아."

"늦어도 정도 것이지. 이 집에 너 혼자 살아? 엄마 아빠도 없어?"

"됐어. 말하기도 힘들어."

"그렇게 힘든 애가 왜 이렇게 늦게 들어와? 너 또 술 마셨니?"

"내 나이에 누가 통금이 있어? 나 40살 되도 12시까지 안 들어오면 이럴 거야? 괴로워서 술 좀 마셨다. 왜?"

"뭐가 그렇게 미치겠는데?"

"내 꿈! 내 꿈 좀 찾아보겠다고 혼자 발버둥치는 중이니까 상관 마."

연우가 쌩하고 방으로 가 버립니다.

그렇게 지워 가며 애써 가며 보낸 문자 한마디가 도로 아미타불이 되었어요. 뭐가 그리 조급하고 애가 타는 걸까요.

연우한테 꿀물이라도 타 주며 "요즘 어떠니?" 하고 따뜻

하게 말을 건네 볼걸. 저지르고 후회하는 여전히 초보 엄마
입니다.

차분히 생각해 보니 연우가 제 꿈을 물어본 적이 있어요.
꿈. 언제 들었는지 기억도 나지 않는 낯선 질문이었지요. 저
는 수학 선생님이 꿈이었죠. 그걸 이룬 적도 있었고요.
진정한 꿈은 현명하고 좋은 엄마였는데…. 못 이룬 것 같
아 겁이 나요.
엄마 말고 연우가 다른 거 없냐고 했을 때 제 입에서 무
심코 나온 말이 뮤지컬이었어요. 끼도 없는 제가 뮤지컬
배우라는 말을 왜 했는지 모르겠어요. 연우가 몇 번 뮤지
컬을 보여 줬는데 무대에서 배우들이 열정적이고 멋있었
나 봐요.

그리고 노래에 대한 기억이요. 노래…. 엄마 아빠가 집에
들어와 노래 부르는 걸 그렇게 싫어했으면서 한편으론 부
럽기도 했나 봐요. 엄마는 노래를 가수 뺨치게 잘하거든요.
자기만 부르면 될 것을 나한테까지 노래해 보라고 시키
는 게 얄미웠어요. 저 음치거든요. 제가 못하는 거 뻔히 알

면서 일부러 골탕 먹이는 것 같았어요. 그 앞에 서서 부르는 게 얼마나 민망하고 부끄러운데요. 음정 틀리면 계속 지적해서 "다시"를 외치고, 소리 작으면 크게 하라고 배를 꾹꾹 누르고요.

돌이켜 생각해 보면 엄마는 어쩌면 나한테 자기가 잘하는 걸 알려 주고 싶었는지 몰라요. 중학교도 못 나왔는데 공부를 어떻게 가르칠 수 있겠어요? 그러니 자기가 제일 잘 하는 거를 가르쳐 주려 했겠죠. 저는 그걸 내친 거고요.

살다 보니 새엄마가 이해되네요. 새엄마도 엄마가 처음이었을 텐데…. 스물세 살 여자가 시집오자마자 애가 셋이니 얼마나 헉 했을까요. 애들 키우고 살림하느라, 음식 해서 장사하느라 스트레스가 심했을 텐데 그 힘듦을 엄마는 노래로 풀었던 것 같아요.

제가 애들 어릴 때 불러 줬던 동그라미도 엄마한테 처음으로 들은 거예요.

곡조가 뭔가 아리기도 하면서 따뜻하기도 하고, 무엇보다 가사가 순수하고 예쁘더라고요.

동그라미 그리려다
무심코 그린 얼굴

이렇게 시작되는 게, 예전에는 슬펐어요.

새엄마가 생기기 전에 친엄마 얼굴을 상상해서 종종 그려 봤거든요. 매번 동그라미만 작게, 크게 그리는 거예요. 검은 머리 색칠 정도는 했고요. 눈, 코, 입은 아예 못 그리겠더라고요. 얼굴을 모르니까.

새엄마랑 함께 살면서 점점 엄마 느낌을 상상만 하지 않게 되었어요.

내 아이에게 자장가로 들려줄 노래를 새엄마가 알려 준 거예요. 동그라미가 이제는 감사해요.

연우 방 문틈 사이로 계속 빛이 새어 나오네요. 새벽 4시가 넘었는데도 잠을 못 이루나 봐요.

우리 연우는 아기 때부터 잠투정이 심하고 잠을 잘 못 들더니 커서도 그러네요. 고민 있거나 예민해지면 통 잠을 못 자요. 벌써 몇 주째 저리 잠을 설치는지 모르겠어요. 연우가 푹 잘 자면 소원이 없겠어요. 잠자는 게 제일 중요한데 말이에요. 아까 화낸 것도 마음 쓰이고 걱정돼서 연우 방을 노크해요.

"연우야 동그라미 불러 줄까? 우리 딸 엄마가 그것만 불러 주면 새근새근 잘 잤는데."
"됐어. 엄마 그냥 자."

쏙닥쏙닥 무슨 말소리가 들려요. 남자친구랑 전화하는 거겠죠.
"새벽까지 통화 그만하고 이제 제발 자렴."
"어. 내가 알아서 해."
쾅 닫힌 문 사이로 퉁명스러운 목소리가 들려요.

지금은 엄마보다 남자친구가 더 큰 힘이 되나 봐요. 그래도 동그라미 불러 주면 잘 자는데 꼭 안고 토닥여 재우고 싶어요.

저는 출판사를 다니고 있습니다. 3년차 되었고요. 학창 시절부터 제가 자주 사 보았던 도서들의 출판사예요. 여기에 오면 내가 보고 싶은 책들을 먼저 만날 수 있으리라 기대했어요. 직접 기획하고 편집하고 출판까지 하는 일이 벅차고 재밌을 줄 알았지요.

1년은 적응하느라 어떻게 흘러갔는지도 모르겠고, 2년차에 정말 좋아하는 작가님들과 대면했을 때 설레고 흥분되고 그랬어요. 모든 시작은 언제나 그렇게 반짝하는 법이지요.

지금의 저는 작가 선생님들을 만나는 게 기쁘지가 않아요. 출판사에서 만들고 싶은 책을 기획해서 거기에 맞는 작가님들을 섭외하죠. 그런데 그들을 찾아서 의뢰하는 과정이 어느 순간부터 먹먹해졌어요.

　　처음에는 업무 과중으로 내가 속이 안 좋아 체기가 오래가나 싶었어요. 몸이 영리하게 신호를 보낸 거예요. 정작 내 마음을 스스로 살피지도, 알아차리지도 못하니까요. 마음을 꽤 오랫동안 내팽개친 것 같아요. 그저 흘러가는 대로 두둥실 떠내려 여기까지 왔네요.

　　내 마음은 3년 내내 외치고 있었어요.

　　"나를 작가로 발굴해 줘."

　　맞아요. 저는 작가가 되고 싶어요. 러시아 작가들을 워낙 좋아해서 진학도 노어노문학과로 한 걸요. 예전 러시아 작가들이 전 세계 문학의 황금기를 이끌었거든요.

　　특히 안톤 체호프의 일상적이면서 독특한 이야기를 좋아해요. 우리 삶은 모두 평범하지만 특별하잖아요. 체호프는 그런 숨결을 인물에 불어넣어 줘요. 또 뻔한 일상이 때로는 엉뚱하게 때로는 파격적이게 때로는 허무하게 흘러가죠. 무의미한 하루하루가 없다는 걸 말해 줘요.

번역서로만 읽으니까 구어체들이 문어체에 가까워서 아쉬웠어요. 그 주옥같은 표현들을 우리나라 소설 읽듯 마주하고 싶더라고요. 철학과와 노어노문학과 둘 사이에서 끝까지 고민하다가 선택한 거예요.

그런데 러시아어가 그렇게 어려울 줄 차마 몰랐죠. 아직도 갈매기 원서를 독파 못해요. 드문드문 알겠더라고요. 그래서 모스크바로 어학연수 가서 말 좀 배워 보고 싶었거든요. 엄마 아빠가 극구 반대하셨지요. 심하게 멀고 춥고 낯선 곳이래요. 아빠도 차이콥스키 좋아하면서 제가 또 러시아에 가는 것은 싫대요. 엄마 아빠는 평생 저를 감싸고 끼고 살 건가 봐요.

대학 와서도 안 되는 게 여전히 많았거든요. 특히 통금! 대학 가면 친구 집에서 자도 된다고 했으면서 말을 싹 바꿨어요. 외박은 절대 금지라고. 외박하고 싶으면 독립하래요. 통금은 12시였지요. 그것도 11시에서 합의 본 거예요.

이러니 하고 싶지 않아도 거짓말이 늘게 돼요. 엄마 아빠는 모르나 봐요. 통제하면 할수록 내가 음흉해질 수밖에 없다는 걸. 그러니 야근한다, 회식한다 해 놓고 친구들이랑 만나 회포를 풀고 놀지요. 일하다 만난 거니까 그다지 찔리지는 않아요.

답답해서 요즘 집에 들어가기 싫거든요. 가능한 밖에서 친구들이랑 얘기하는 게 더 좋아요. 다들 비슷한 고민 하거든요.

다혜는 대학원 2년차예요. 사회로 나가기 전 몇 년의 유예기간을 더 갖고 싶었대요. 대학원마저 휴학할까 고민하고 있어요. 2년 안에 꿈을 찾을 줄 알았건만 2년은 무지하게 짧다고 하더라고요.

나정이는 멋쟁이답게 패션 회사에 입사했어요. 찰떡으로 어울린다고 생각했는데 애가 얼굴이 달걀귀신처럼 허옇게 떴어요. 주말 없는 야근에 열정페이로 일하는데 이러다 제 명에 못 살 것 같대요. 사표를 서랍에 항시 넣어 두고 있는데 곧 출사표 던질 거 같아요. 쇼핑몰 창업을 준비 중이거든요.

저도 출판사에서의 2년이 순식간에 휙 갔어요. 그러다 진심으로 원하는 것도 놓칠 뻔하고요. 저도 섭외 당해서 제가 쓴 책이 세상에 나왔으면 좋겠어요. 그래서 요즘 작가님들을 만나면 시샘도 나고 부럽기도 하고 제 자신이 초라하게 느껴져요.

그렇다고 선뜻 용기가 나지도 않아요. 학교 다닐 때, 한 학기 휴학하고 신춘문예 소설 부문 준비했었거든요. 단번에 떨어졌어요. 몇 번을 더 응모했는데 다 떨어져서 누구에게도 작가가 되겠다는 말을 못 꺼내겠어요. 혼자 가슴 속 깊이 넣어 둔 꿈이 되었죠.

이런 얘기, 우리 셋 다 엄마들한테 못해요. 엄마 아빠한테 말하면 철딱서니 없고 배부른 소리 하고 있다고 할 게 뻔하니까요. 언제까지 우리가 네 뒷바라지 해 줘야 하냐고 날 선 소리가 들려올까 봐 말도 못 꺼내요.

엄마들도 자주 모이시더라고요. 그래서 우리끼리 입 맞추기가 얼마나 힘든데요. 엄마들끼리도 다 알아서 엄마 모임 있으면 미리 물어봐요.

"오늘은 무슨 모임이야?"

"응. 우리 오우회 모임이야."

"다혜 엄마랑 나정이 엄마도 나오시겠네. 엄마 근데 다혜, 나정이 어머니들 이름은 뭐야?"

"어? 우린 이름 같은 거 안 물어보는데."

"나이는?"

"나이도 딱히 안 물어보는데."

"되게 신기하네. 어떻게 이름도 나이도 모르는데 오우회까지 만들어?"

"니들이 끈이잖아. 선우네 팀도 그래."

알리바이 짜려고 물어본 건데, 문득 신기합니다. 내 친구 엄마들이랑 엄마가 친하다는 게 말이죠.

생각해 보니 다혜, 나정이랑 10년 넘는 끈끈한 우정을 쌓으면서도 친구들 엄마 이름 여쭤볼 생각은 한 번도 안 했네요. 어릴 땐 멋모르고 아줌마라고 했다가 지금은 어머니라고 하고요. 저희는 모른다 쳐도 엄마들은 10년 넘게 서로 이름도 나이도 모르고 어떻게 친해질 수 있을까요? 궁금할 법도 하지 않나요?

엄마들끼리 한 얘기를 엄마들도 우리에게 백 퍼센트 공

유하지 않아요. 무슨 수다를 떠실지 갑자기 호기심이 생기네요.

갱년기 정보도 공유하고 그러시겠죠? 아마?

아니 안 그래도 인생이 답답해 죽겠는데 집에 들어가면 엄마까지 뭔가 풀이 죽어 있어요. 몇 달 전에 폐경이 되셨대요. 저는 다른 집 엄마들도 다 지금까지 생리하시는 줄 알았거든요. 나정이 엄마랑 다혜 엄마는 40대 후반에 끝나셨대요. 아무 탈 없이 지나가셨다는데 엄마만 유별나고 요란하다는 느낌이 들어요. 다른 사람보다 십 년이나 더 했으면 내 타고난 젊음에 감탄을 하겠어요. 세상 다 끝난 사람처럼 한숨을 퍽퍽 내쉬는 게 이해가 안 가요.

아빠 사업도 탄탄해지고, 외갓집이랑 사이도 좋아지고, 저도 아직은 회사 잘 다니고, 선우도 군대 잘 다녀와서 복학하고. 제가 보기엔 엄마 인생 중에 지금이 황금기거든요. 그런데 왜 축 처져 있냐고요, 다 망한 사람처럼.

오히려 아빠 돈 못 벌고, 친가 외가랑 틀어지고, 나랑 선우가 말썽 피웠을 때가 더 쌩쌩하고 활력이 넘쳤어요. 엄마는 일부러 고생을 사서 하나, 아니면 없는 고민도 일부러 만들어 내나 싶어요. 그런 엄마를 보고 있으면 가슴이 더 조여 와요. 그동안 많이 힘들었으니까 이제라도 엄마 인생 다시 찾아서 새 출발 하면 되잖아요.

그래서 제가 물었어요.

"엄마는 꿈이 뭐였어?"

"음…, 현모양처?"

"인기 최고 수학 선생님 하다가 교장 선생님 되는 거 아니고?"

"아니거든. 나는 좋은 엄마가 되고 싶었어, 진짜루."

"그럼 다시 태어나도 좋은 엄마만 할 거야?"

"…"

"다시 태어나면 뭐 하고 싶어?"

"나? 글쎄…, 해 보고 싶은 게 있긴 한데 내가 제일 못하는 거다!"

"뭐? 혹시 노래?"

"응. 다시 태어나면 뮤지컬 배우 되고 싶어."

상상하지도 못한 대답이었습니다. 숫기 없는 엄마가, 딱딱하게 수학이나 풀던 엄마가, 음치인 엄마가 무대에서 노래를 부르고 연기를 하는 뮤지컬 배우가 되고 싶다니 정신이 번쩍 드네요.

"오~ 대박! 진짜 멋지다. 엄마는 얼굴도 예뻐서 무대에 서면 빛이 나겠다."

옆방에서 아빠가 듣더니 아빠도 다시 태어나면 하고 싶은 게 있다고 합니다.

"연우야. 나도 물어봐 줘."

"아빠도 다시 태어나면 따로 뭐 하고 싶은 게 있어?"

"그럼 있고말고. 나는 피아노 연주자가 되고 싶어. 음악가의 삶을 살아 보고 싶어."

"우와! 우리 엄마 아빠 멀티 예술인이네.

그럼 딸은 거기서 뭐 할까? 박수 부대 이끌고 가서 꽃 들고 꽃순이 해야겠다."

엄마가 덤덤히 말합니다.

"우리 딸은 대본 써 주면 되지. 넌 어릴 적부터 글을 잘 썼잖아. 글쓰기 대회만 나갔다 하면 상 받아 왔는데!!"

"옛날 옛적 일입니다."

"공부만 시킨다고 글짓기 학원 그만두게 한 게 엄마가 미안해. 진작 알아봐 줄걸. 우리 딸이 뭘 좋아하고 뭘 잘하는지. 우리 딸이 하고 싶은 거 하는 게 엄마 소원이야. 엄마도 엄마가 처음이라서 몰랐어."

엄마의 뜬금없는 고백에 없던 용기가 조금씩 납니다. 엄마에게 내 꿈을 말할 용기. 과연 언제 입을 뗄 수 있을까요?

더 큰 용기를 얻기 위해 저는 기어코 일을 저질렀습니다. 회사에 출사표를 던지고 왔습니다. 충동적인 결정 아닙니다. 미루고 미루면 영원히 끝나지 않을 숙제 같았거든요. 이번만큼은 엄마가 이해해 줄 거라는 이상한 믿음도 생겼습니다.

사표가 수리되고 저희 팀 분들이 송별회를 열어 주셨어요. 앓던 이가 뽑힌 기분일 줄 알았는데 마냥 시원하진 않네요. 좋은 선배님들과 동료들도 있었기에 헤어짐이 슬프기도 했습니다.
나중에 작가로 섭외하겠다, 튕기지 마라. 이런 농담을 던지시는데 고마우면서 웃프더라고요.
"저 방금 백수가 되었거든요. 축하해주세요."라고 건배

샷을 제안했죠. "백수 작가" 선창하니 "백만 작가"로 답해 주셨어요.

　진지한데 우스꽝스럽죠? 체호프스럽지 않아요? 인생은 가까이서 보면 비극이지만 멀리서 보면 희극이라잖아요. 그 가르침대로 살아 보려고요.

　다들 오늘은 절대 먼저 내뺄 생각 말라고 하네요. 주인공이 없는 자리는 재미가 없다고요. 저 때문에 만든 자리라 끝까지 있고 싶었어요.

　그래서 엄마한테 늦는다고 먼저 자라고 미리 문자를 보내 놓았죠. 답장이 오지 않더라고요. 한참 후에 <알았어.>라고 단답형으로 오더라고요.

　저번 주에 엄마도 예쁜 문자들 보내고 싶다고 해서 특수 문자* 이모티콘 치는 거 하나하나 알려 줬는데 이럴 거면 왜 가르쳐 달라 한 건지 괜히 짜증이 났어요. 엄만 모르지만, 오늘 사표 낸 날인데, 뭔가 다정한 문자를 받고 싶었나 봐요.

　찬바람 쌩 부는 문자를 보니 엄마한테 말할 수나 있을까

* ^O^. ♥. ♡

싶어 또 숨이 막혀 와요.

술을 연거푸 마십니다. 다들 잘 마신다고 좋아하네요. 내 첫 회사의 마지막 날, 어떻게 마무리해야 할지를 몰라 술만 들이붓네요.

끝은 또 다른 시작이겠지요? 내가 원하는 걸 했으면서도 불안한 이 바보 천치를 어쩌면 좋을까요?

3시 가까이가 돼서야 자리는 파했어요. 집에 들어가자마 자 엄마의 송곳같이 날카로운 소리가 내 귀를 강타합니다.

"야! 너 지금 몇 시야? 너 혼자 사니? 너 미쳤어?"

어휴. 엄마가 변했다고 잠시나마 믿었던 내가 원망스러웠 습니다. 작가가 되기 전까지 비밀리에 나 혼자 발버둥쳐야 할 것이 확실시되었습니다.

엄마랑 말도 섞기 싫어 방으로 들어와 버립니다.

고민은 끊이질 않네요. 잠자리에 누우면 생각에 생각이 꼬리를 물어서 잠이 안 와요. 그럴 땐 남자친구와 통화를 합 니다. 심심하지만 따뜻한 사람이에요.

잘 자라 우리 여누 앞뜰과 뒷동산에

새들도 아가 양도 다들 자는데

남자친구는 아빠처럼 자장가도 불러 줍니다.

"오빠, 나 그거 말고."

"그럼 뭐? 난 어릴 때 이거 듣고 잤는데 잠이 안 와?"

"응, 난 딴 거 듣고 자랐거든. 동그라미. 동그라미 알아,
오빠?"

"아니, 잘 몰라."

"동그라미 그리려다 무심코 그린 얼굴 내 마음 따라~"

"처음 들어 보는데?"

"나 이것만 불러 주면 금방 잤대."

"아 그래? 내가 한 번 들어 볼게. 그런데 제목이 동그라미
야?"

"응. 동그라미."

"검색 안 되는데? 그런 노래 없어."

"있어. 내가 평생 듣고 살았는데."

"알았어, 알았어. 잠깐만 있어 봐. 아하! 가사 검색하니까
나온다. 그런데 연우야, 그거 동그라미가 아니야."

"그럼?"

"얼굴이네. 얼굴!"

27년 동안 들었던 노래의 제목을 이제야 처음 알았습니다.

동그라미 그리려다 무심코 그린 얼굴

내 마음 따라 피어나던 하얀 그때 꿈을

풀잎에 연 이슬처럼 빛나던 눈동자

동그랗게 동그랗게 맴돌다가는 얼굴

인터넷에서 찾아 처음으로 가수와 제목 그리고 가사를 마주합니다. 나에게는 <제목: 동그라미, 가수: 우리 엄마>였던 곡을요.

이게 웬일일까요? 머리끝이 쭈뼛 섰어요. 얼마 동안 넋이 나갔어요.

이 노래를 부른 가수 이름이 <제목: 얼굴, 가수: 윤연선•>

• 1970년대를 풍미했던 여성 포크 가수. 얼굴은 1975년 윤연선 2집 음반에 대표곡으로 수록된 포크송이다.

연선! 엄마와 똑같았어요.

노래를 듣는데 진짜 우리 엄마 노래 같아서 눈물이 하염없이 나더라고요. 우연이라고 하기에는 운명적이에요. 송연선, 우리 엄마 목소리를 통해 들었던 '동그라미'.

윤연선 가수의 목소리로 들어 봐도 내게는 엄마의 목소리만 떠오르네요.

혼자 나지막이 불러 봅니다. 울음 섞인 노래가 밖으로 새어 나가지 않았으면 좋겠어요. 그런데 엄마도 아직 안 자는지 남자친구랑 그만 통화하고 자라고 말하네요. 우는 소리가 들킬까 봐 "어, 내가 알아서 자." 하고 얼른 말을 마무리합니다.

엄마는 한동안 내 방 바깥을 맴돕니다. 엄마는 그 수많은 밤을 같이 못 주무시고 계셨습니다. 들어오지도 못하고 문 사이를 두고 내가 잘잘 때까지 기다리다 잠자리에 누우셨습니다. 나 때문에 뜬눈으로 지새우신 나날들을 동그라미 쳐 보면 과연 셀 수나 있을까요?

꼭 엄마 목소리로 부르는 동그라미가 제 귓가에 맴도는

것 같습니다. 어느새 스르르 아기처럼 새근새근 잠이 듭니다. 처음 엄마를 만난 날로 돌아간 꿈을 꿉니다.

다시 새롭게 태어날 수 있다면? 그럴 수만 있다면?

"응애응애"

밖으로 울음이 새어 나왔습니다. 그렇게 새로운 인생이 시작되었습니다.

나밖에 없던 삶에 한 남자가 들어오고, 나밖에 없던 몸에 한 생명이 들어오고, 나는 나를 나눠 쓰기 시작했습니다.

아직도 얼떨떨합니다. 아내가 될 자격, 그리고 엄마가 될 자격이 있는지 지금도 겁이 나고 두렵습니다.

결혼하는 순간조차도 기쁘기보다는 낯설었습니다. 누구

보다 환경 변화를 어색해 하는 사람이라 그런가 봐요.

'남자친구가 왜 온종일 붙어 있지?''내 방은 없네?'

싸우면 방문 쾅 닫고 피신할 나만의 공간이 없어요. 침대방, 책상 방이 모두 공동 방이니까요. 하도 답답해서 베란다로 간 적도 있었어요.

헤어지기 싫어서 결혼했는데 가끔은 헤어졌다 다시 만나는 연애가 그립더라고요.

그런 제게 임신은 축복이면서도 도전이었어요. 환경만 변하는 게 아니라 나 자체가 변하니까요. 그것도 눈에 바로 보이는 몸이 하루하루가 다르게 급속도로 달라져요.

저는 입덧이 심해 임신 초중반까지 변기통을 붙들고 살았어요. 임신해서 제일 반가웠던 것 중 하나가 아기가 먹는 거니까 맘껏 실컷 먹자는 거였는데 이게 무슨 날벼락입니까.

걷는 것도 점점 숨이 차고, 누워있는 것도 점차 맘대로 못해요. 시간이 지날수록 가슴이 꺽꺽 막혀서 푹 잘 수도 없고요.

이 감당하기 힘든 변화들 속에서 지쳐가다가도, 아기가 톡톡 배를 노크하면 그게 뭐라고 기분이 좋아져요.

'엄마 힘내요.' 하는 것 같거든요.

밤마다 남편이랑 배를 쓰다듬으며 우리 아가 이름을 불러요.
"꿀복아! 우리 꿀 떨어지는 복덩아! 꿀꿀 돼지처럼 엄마 아빠 몫까지 많이 먹고 얼른 보자."
잠자기 전 제가 제일 좋아하는 시간이에요.
이렇게 마음 충전하고 다음 날 아침 눈을 뜨면 무겁고 힘겨운 시간이 또 시작되죠. 그 쳇바퀴 같은 시간이 지나고 지나, 꿀복이랑 만나는 날이 되었어요. 다 왔구나 싶었는데 진짜 시작은 이제부터였어요.

출산의 고통이라는 네이밍 자체가 얄미울 정도입니다. 아마 겪어 보지 않은 사람들이 저렇게 이름을 지었을 거예요. 이건 고통이라 부를 수 없어요. 고통을 넘어선 말로는 형언이 안 되는 무언가입니다.
진통도 8시간 넘게 겪었어요. 처음에 생리통처럼 시작하다가 그 간격이 짧아지면서 오장육부가 뒤틀리는 느낌이었어요. 엎드려도 보고 옆으로 구부려도 보고 남편이 뒤에서 안아 주기도 했는데 모든 게 소용없었어요.

　엄마는 빨리 무통 주사 놓아 달라고 성화하셨고요. 생진통을 왜 겪으며 사서 고생하냐고 난리가 나셨지요. 그래도 혹시 몰라 이겨 내 보려 했는데 꿀복이를 낳기 전에 기절할 것 같아 무통 주사를 맞았어요. 그런데 저는 무통 주사 효과가 거의 없더라고요. 허리만 더 아프지, 도무지 한 개도 통증이 줄어든 게 없어요.

　"아무래도 이건 이상해. 더 심하게 아프기 전에 그냥 제왕 절개 하자. 엄마도 두 번이나 제왕 절개 수술 했는데 아무 문제없었잖아."

　이러면서 엄마는 끊임없이 수술을 제안하시는 거예요. 혼이 반은 빠져 있는데 엄마까지 호들갑이니 미치겠더라고요. 남편은 엄마랑 제 얼굴을 번갈아 보면서 발만 동동 구르고요.

　드디어 수술실로 가는데, 엄마가 제 손을 꼭 잡고 울어요. 바보처럼 왜 또 우는지.

　"나 잘하고 올게."

잘 하고 오고 싶었는데 짐승같이 괴성을 내며 울부짖었어요.

"저 좀 제발 살려 주세요!"

배꼽 아래가 뿌리째 뽑혀 나가는 기분이었어요. 정신을 잃고 이대로 끝나기를 간절히 바라고 또 바랐어요.

"채연우 산모님! 숨 쉬셔야 해요. 힘주셔야 해요."

간호사의 숨 가쁜 재촉이 들렸어요. 온몸에 진액이 다 빠진 느낌인데 힘을 줘야 한대요. 숨 쉴 기운도 없는데 말이죠.

"엄마가 조금만 더 힘내셔야 해요. 안 그러면 꿀복이는 더 힘들어요."

그 말에 정신이 번쩍 들었어요. 정말 젖 먹던 힘까지 모두 짜냈어요. 탈진의 순간에 꿀복이가 시원하게 울어 주더라고요. 제가 살면서 들었던 모든 소리 중에 가장 반갑고 고마운 소리였습니다.

남편은 꿀복이와 제 탯줄을 자르고 기념사진도 찍었어요. 제가 낳았는데 남편이 먼저 꿀복이 얼굴을 본 거예요. 아쉽고 얄밉게도.

꿀복이가 퐁당 제 가슴에 안겼을 때 왈칵 눈물이 쏟아졌

어요. 나를 집어삼킬 것 같은 토네이도가 지나고 평화롭고
따사로운 햇살이 비추는 기분이었거든요.

"안녕! 꿀복아!"

병원에서 2박 3일 입원을 하고 사실 집으로 가고 싶었어
요. 조리원에 가는 게 내키지 않았거든요. 성격상 불편할 것
도 같고, 돈도 많이 들잖아요. 모든 게 편하고 익숙한 집이
더 좋거든요. 엄마는 산후조리가 제일 중요하다고, 엄마도
조리를 잘 못 해서 몸이 안 좋아졌다고, 기어이 산후조리원
을 등록해 주셨지요. 엄마 소원이라는데 들어드려야지요.

생각보다 산후조리원이 낯설고 불편하지만은 않았어요.
갓 출산한 엄마들이라서 그런지 서로 처음 봤는데도 동지애
같은 게 생기더라고요. 원래 알고 지내던 사람들처럼 금방
친해졌어요. 엄마들끼리 아이 젖을 먹이면서 인사를 해요.
아이 이름으로요.

이상하게 우리는 누구 하나 서로의 이름을 제대로 물어
보지 않아요. 나이만 대충 알아요. 누가 언니고 동생인지
정도요.

산후조리원에서 저희는 둘 다 새로운 친구가 생긴 거예요. 꿀복이에게는 첫 친구들이죠.

혁이 엄마, 아름 엄마, 명재 엄마⋯. 그리고 채원 엄마.

저를 "채원아"라고 부르기도 해요. 저는 "혁이 언니"라고 하고요.

참 재밌는 인연을 맺게 되었어요. 이때만 해도 각자의 보금자리로 돌아가면 무슨 일이 기다리고 있을지 아무도 예상치 못했을걸요.

배 속에 있을 때가 차라리 천국이었어요. 그때는 꿀복이가 시종일관 목 놓아 울지는 않았으니까요. 채원이가 된 꿀복이는 한시라도 침묵을 지키는 적이 없네요.

그렇게 권채원 양과의 기가 막힌 동거 생활 서막이 열렸습니다.

권채원⋯ 매일매일 채원이랑 씨름하니 시간이 어떻게 가는지도 모르겠어요.

남편은 퇴근하면 채원이를 안고 어르고 돌봐 줘요. 자기는 채원이가 그렇게 힘든 애인지 잘 모르겠대요. 채원이가 남편이랑 있을 때는 그나마 좀 덜 울어요. 반나절 내내 우느라 채원이도 지쳤을 테니까요.

"그럼 하루 종일 같이 있어 봐!!"

"휴일에는 내가 많이 보잖아."

"말은 똑바로 해야지. 주말에는 우리 집이랑 자기 집에 많이 가잖아. 엄마랑 어머니가 채원이를 봐주시는 거지. 자기가 많이 본다고?"

왜 틀린 말을 하는지, 그리고 당연한 걸 왜 생색내는지, 싸움을 걸까 싶다가도 몸이 녹초라 참습니다.

남편은 채원이만 보면 눈에 하트가 뿅뿅 자동 발사되는 딸 바보라면서 한번 잠들면 채원이가 아무리 빽빽 울어도 일어나지를 않아요. 남편 이마에 꿀밤을 콕 쥐어박고 싶은 적이 한두 번이 아니에요. 진짜 못 듣는 것인지 아니면 못 듣는 척을 하는 것인지 시험해 보고 싶다가도 채원이가 울다 숨넘어갈까 봐 그새 제가 안고 있더라고요. 그리고 젖을 물리죠. 모유를 먹이면서 채원이의 새까만 별 같은 눈동자를 보고 있노라면 그간의 미움이 눈 녹듯이 또 사라져요. 엄마가 나 어릴 때랑 똑같다 하던데, 엄마도 나와 이렇게 힘들게 전쟁을 치르셨을까요? 그러다 잠깐의 평화 휴전을 통해 다시 힘을 충전하셨겠지요.

　채원이와의 동거 생활은 충전을 아무리 해도 익숙해지지 않아요. 내 생활은 아예 없어지고 화장실에서 편하게 볼일도 못 보니 자유가 너무나 그리워요. 내가 없어지는 느낌이 종종 들더라고요. 채원이에게 종속되어 가는 기분이랄까?

　그래서 남편에게 뜬금없는 부탁을 했어요.
　"여보, 아니 준환아! 준환 씨!"
　"응, 여보. 갑자기 무섭게 왜 이름을 불러?"
　"자기, 여보 말고 나도 이름 불러 줘. 우리 이제 서로 이름 부르자. 이러다 내 이름 까먹을 것 같아"
　"에이, 싱겁긴. 알아쪄●. 여누야, 우리 여누! 됐지?"
　"좀 제대로 불러! 장난치지 말고, 진지하게 좀!"
　"왜 이래!! 채연우! 우주에서 보면 우린 먼지 같은 존재야. 그러니까 어떻게 불리든 어때? 왜 느닷없이 이름 타령이야?"

● 알았어

141

남편도 언제부턴가 내 이름을 부른 적이 없습니다. 친구 같은 연인이라 이름을 서로 자주 불렀는데….

네, 맞아요. 제게 우주 타령하는 저 남자!

바로 그 초등학교 동창 권준환이에요

어릴 적에는 그 흔한 휴대폰이 없어서 연락도 끊겨 버렸는데 요즘은 맘만 먹으면 다 찾을 수 있는 시대가 되었잖아요. 더는 엄마가 방해할 수도 없고요.

대학 가서 싸이월드를 통해서 준환이를 찾아본 적도 있었죠. 그런데 저도 그때는 첫 남자친구가 있어서, '잘 지내는구나! 얘도 여자친구 있구나!' 하고 말았어요. 딱 그 정도의 풋풋한 호기심이었죠.

신기한 게 고등학교 때는 남자애들 보는 것만으로도 막 부끄럽고 설레고 그랬는데 남녀공학인 대학교를 오니까 별거 없더라고요.

그리고 남자친구 사귀어 보니까 좋긴 좋은데, 구름 위를 나는 것 같은 뭐 그런 건 아니더라고요. 마음 아프고 힘든 것도 많고, 싸우다가 울기도 하고 그렇잖아요. 그러다 결국 헤어지고요. 또 외로워서 누군가를 만나면 서로 상처만 남기는 사이가 된다는 것도 알아버렸고요.

당연히 제 마음속 왕자, 권준환도 희미하게 잊혀 갔죠.

그러다 초등학교 졸업 20주년 기념으로 동창회를 한다고 제 페이스북으로 연락이 왔어요. 10주년 동창회 때는 연락 가능한 애들끼리 소소하게 했다는데, 20주년은 페이스북으로 찾을 수 있는 동창들한테 거의 다 메시지를 돌렸나 봐요. 초등학교 동창회 페이스북 페이지도 만들어 놓았더라고요

저는 초등학교 친구 중 연락하는 애들이 아무도 없었고, 나이가 드니 꼬마 시절 친구들이 궁금하더라고요. 그래서 큰맘 먹고 용기 내어 동창회에 나갔어요.

얼핏 봐도 40명은 넘게 왔어요. 제가 아는 애들이 있나 하고 봤더니 제 짝꿍이었던 보람이도 보이고, 대략 일고여덟 명은 낯이 익더라고요. 꼬꼬마들이 이제는 한풀 꺾인 삼삼한 나이가 되어 버렸어요.

20년 세월이 무색할 만큼 아무렇지도 않게 왁자지껄 떠드는 우리가 신기하고 웃겼어요. 나이 먹어서 능청스러워진 것인지 아니면 너도나도 어린이 시절로 돌아간 것인지는 모

르겠지만요.

2차에서 몇 명은 빠지고 몇 명은 합류했어요. 회사 때문에 늦게 오는 친구들이었죠. 그중 한 명이 권준환이었어요.

대학원 교수님이 오늘까지 처리할 일을 주셔서 늦었대요. 끝나자마자 빛의 속도로 날아왔다고 재간을 부리는데 여전하구나 싶었어요. 새로운 행성, 제2의 지구를 찾으면 우리한테 제일 먼저 알려 준대요. 우리 다 같이 거기 가서 살자고요. 오자마자 생뚱맞은 얘기를 늘어놓네요.

권준환을 보는데 웃음이 났어요. 혹시 나오나 했는데 역시 만나게 되네요.

연구실에 앉아서 우주 탐색만 했는지 '아저씨 다 됐네.'라고 놀리고 싶을 정도로 피부도 까칠해지고 살도 붙었더라고요. 오로지 낙타 속눈썹만 살아남았더라고요.

예전이랑은 상황 역전이 되었죠. 첫사랑은 다시 안 만나는 게 좋아요. 환상이 전부 깨지니까요.

권준환은 이번에는 연락처 똑바로 적어 달라고 하면서 고딩 때 연락처 잘못 알려 줬다고 툴툴거렸어요.

저는 '우리 엄마가 일부러 그런 거다.'라고 하려다가 "미안, 우리가 전화하기로 했었나?" 하고 기억 안 나는 척했어요.

우연인지 운명인지 저희는 동창에서 친구로 친구에서 연인이 되었습니다.
어느 연인이나 그렇듯 각종 영화를 찍으면서요. 달콤 로코, 처절 멜로, 섬뜩 호러, 반전 스릴러 등 모든 장르를 섭렵했지요. 연애 2년 동안요. 그러다 담담하고 평화로운 순간들이 찾아왔어요. 그 평화가 사라지기 전에 결혼했어요.

엄마는 놀리듯 말씀하세요. 그때 그 전화 바꿔 줬으면 너희는 진작 깨지고 결혼도 못 했다고. 다 타이밍이 있는 거라고요.
본인 때문에 우리가 결국 늦게 만나 늦게 연이 된 거라고 자랑스럽게 말씀하시는데, 준환이는 착해서 이 모든 게 어머니의 선견지명 덕분이라고 치켜세우죠. 좋은 사위이자 좋은 남편이에요, 준환이는.
결혼하고 나서는 왠지 호칭을 바꿔야 할 것 같아서 "여보,

당신"이라고 많이 불렀어요.

준환이도 연애 때는 "연우야, 여누님, 여눙여눙" 별별 애칭까지 다 섞어 가며 부르더니, 언제부터 "여보, 자기"에 국한되어 버렸죠.

연애 때도 가끔 "여보, 여봉" 하면서 애교 부렸는데, 막상 결혼하고 아이를 낳으니 "여보"라는 말보다는 이름이 듣고 싶어졌어요.

참, 사람은 간사하죠?

내 이름을 찾고 싶어요. 집에서 채원이랑만 있으니 영원히 이 삶을 지속할까 봐 불안해요. 나도 엄마처럼 내 인생이 없어지고 채원 엄마 인생으로만 살까 봐 조마조마합니다.

나정이가 친근하게 보낸 카톡에 저도 모르게 까칠하게 대답하더라고요.

<채원 오마니 잘 지내고 계세요? 이모가 채원이 보러 가고 싶어요. >

<나정아, 나 너한테까지 그렇게 불리고 싶지 않아. >

나정이가 장난치면서 보낸 거 누구보다 알면서 왜 그렇게 '채원 오마니'가 거슬렸던 건지 모르겠어요.

저는 엄마보다 '나'일 때가 더 좋은가 봐요.

채원이가 100일 남짓 되었을 때, 다른 학교에서 강의가 들어왔습니다. 신입생들을 대상으로 하는 글쓰기와 말하기 수업입니다. 약 2년 동안 모교에서 새내기들에게 필수 교양 수업으로 글쓰기 기초를 가르쳤었거든요. 외부 강의 요청은 이번이 처음이에요. 감사하게도 그간의 강의 평가가 좋은 편이었어요. 파릇파릇한 스무 살 청춘들과 글로 교감하는 일이 저에게는 참 즐겁고 행복하더라고요.

회사를 그만두고 반 년 넘게 여행도 다니고 방황하다가, 그동안 번 돈으로 대학원에 입학했어요. 국어국문학과 석사 과정을 마치고, 비교문학 박사까지 학업을 이어 갔어요. 작가의 꿈을 포기한 게 아니라 한평생 길게 보기로 했지요. 러시아 문학에 이어 우리나라 문학까지 폭넓게 공부하면서, 두 나라 이상의 문학을 비교하며 연구하는 것이 재밌더라고요. 다양한 문학을 공부하는 게 결국에는 큰 자산이 될 거라

믿었거든요.

아이들을 위한 동화책 두 권을 낸 적도 있어요. 동화로 신춘문예에 당선되었거든요. 「안녕 나의 별」이 공인된 제 첫 작품이에요. 「거북아 어딨니?」가 두 번째 책이고요. 어른들을 위한 동화는 계속 구상 중입니다. 앞으로 해야 할 게 더 많은데 경단녀가 될까 봐 두렵고 무섭습니다. 일터에서는 내 이름이 불릴 테니 어서 빨리 일하고 싶어지는가 봐요.

갓 백일 된 채원이를 떼어 놓고 일하러 나가고 싶은 엄마는 이기적인 걸까요?
벌써 두 아이의 엄마이자 유아교육 석사까지 전공한 경아에게 조언을 구했어요.
"연우야, 내가 유아교육 공부하면서 첫째로 와 닿은 게 뭔지 아니? 최소 3살까지는 엄마가 키워야 한다는 거야. 그때 애착 형성을 잘 해 줘야 아이가 정서적으로 건강해. 신체적으로는 말할 것도 없고."
경아는 아이들을 잘 기르기 위해 석사까지 마친 학업을 과감히 중단했습니다. 그런 경아에게 "괜찮아, 일해."라는 전문가의 확언을 듣고 싶었나 봐요. 마음이 무겁습니다.

엄마도 나를 낳겠다고 한 치의 망설임 없이 7년간의 교직 생활을 그만두었는데, 나는 엄마만큼 모성애가 없는 걸까요? 우리 엄마처럼 모성애가 크지 않을까 봐 자책도 됩니다.

엄마는 환갑 생신 이후로 우리에게 '엄마 졸업'이라는 선전 포고를 하셨어요. 우리가 결혼해서 애를 낳아도 절대 안 봐준다고 하셨지요. 엄마도 남은 인생 즐기다 갈 거라고요. 아빠랑 못 해 본 여행도 다니고 운동도 배우고 얼굴 마사지도 받아 보고 재밌게 살 거라 하셨어요.

엄마는 아빠와 한 달간 유럽 여행을 떠나세요. 그래서 말할지 말지 고민이 너무 되었어요. 채원이 재우고 여행 가방을 같이 싸다가 툭 강의 얘기를 꺼냈습니다.

뜻밖의 반응이었어요.

"당연히 강의 나가야지. 어떻게 온 기회인데 날려."

"정말? 엄마가 별로 안 좋아할 줄 알았지."

"몸만 회복되었음, 당장 나가."

"엄마가 지지해 주니까 한결 낫네. 채원이는 어린이집에 맡기려고.”

"괜찮은 데 있고?”

"응. 찾아보니 깔끔하고 안심되는 곳 꽤 있더라고. 엄마는 신경 쓰지 말고 아빠랑 여행 다녀와. 고마워.”

엄마는 아낌없는 지지를 불어 넣어 주시고 여행길에 오르셨어요.

남편은 저나 채원이가 걱정되니 조금만 있다가 나가자고 했지만, 기회는 그때까지 기다려 주지 않는다 했어요.

"당신도 천문학 강의 들어오면 채원이 좀 클 때까지 계속 거절할 거야?”

"… 아니. 미안해. 내 생각이 짧았다. 우리 셋이 같이 잘해 나가 보자.”

남편도 든든한 지원자가 돼 주자 용기가 샘솟더라고요. 시댁 어른들께도 잘 말씀드릴 수 있게 남편이 중재자 역할을 해 줬어요. 엄마가 일해서 행복하면 집안이 더 건강해진다고 시부모님은 흔쾌히 제 일을 허락해 주셨어요.

저는 날이 선선해진 가을부터 강의에 나가기 시작했습니다.

다행히 월, 수 이렇게 두 번만 있어요. 간혹 보충 강의가 금요일에 있고요. 1교시 아침 수업인 게 조금 빠듯하죠. 9시에 수업이 시작하니, 가서 숨이라도 돌리고 강의 준비하려면 최소 새벽 5시에는 일어나야 해요.

채원이 먹을 모유도 미리 짜 놓고, 기저귀도 챙기고, 딸랑이도 넣고, 혹시 몰라 분유 저장 팩이랑 여유분의 젖병도 챙겨요. 남편이 같이 일어나서 아침 준비를 해 줘요. 토스트에 계란 프라이랑 딸기잼, 그리고 두유. 소박하고 고마운 한 끼 식사예요. 늦잠을 자면 아침에 먹는 사과가 황금이라고 깎아서 제 입에 넣어 줘요. 사과를 별로 안 좋아하지만, 남편의 성의가 고마워 맛있게 삼켜요.

일주일 지나고 이주 차, 저랑 준환 씨랑 채원 양이 새로운 생활 방식에 나름 적응해 나가고 있던 중이었죠.

우리 채원이가 엄마를 도와주는지 어린이집 선생님에게도 잘 안기고요. 100일간 울보였는데 생긋 웃으면서 저를 보내 줘요. 그동안 그만 좀 울라고 혼자 짜증냈던 게 미안해지더라고요.

수요일에 강의를 마치고, 점심시간쯤 채원이를 데리러

어린이집으로 갔습니다. 그런데 이미 채원이가 하원했다는 겁니다.

"네? 채원이 할머니가 데려가셨다고요?"

엄마가 유럽 여행 갔다가 열흘 만에 오신 거예요.

"엄마 어떻게 된 거야? 왜 이렇게 일찍 왔어?"

"아이고, 말도 마라. 음식이 안 맞으신대. 시차도 안 맞고. 결혼 40주년으로 크게 마음먹고 가면 뭐하냐? 니네 엄마가 도통 즐길 줄 모르는데?"

아빠가 성이 잔뜩 나셔서 대신 답을 하세요.

"아니, 내가 뭐 평생 여행을 다녀 봤어야 알지? 고기도 먹어 본 사람이 많이 먹더라."

"아이고, 나 원 참! 뭘 해 줄 필요가 없어! 앞으로 어디 가자는 소리 하지도 마요!!"

"알았어요! 미안해요. 미안해! 한국이 제일 좋네. 제일 좋아. 제주도 갑시다, 제주도! 우리 신혼여행 때도 제주도 갔잖아."

"됐어. 당신 혼자 가!"

아빠는 방으로 휙 들어가 버리십니다.

"니네 아빠 단단히 삐졌다. 비행기에서부터 내내 저래."

"당연하지! 엄마는 아빠가 큰돈 들여서 쏜 건데, 왜 그랬어? 위약금 물었어?"

"아니, 니네 아빠가 워낙 꼼꼼하잖아. 다 취소되는 거로 예약해서 돈도 안 물었어."

"괜히 심통이 나또요˙, 할아버지가! 그치? 채원아? 할아버지 화 푸세요, 해 봐. 요 녀석이 눈에 밟히는 걸 어떡하냐?"

채원이를 안고 엄마는 멋쩍게 웃습니다.

결국, 돌아온 엄마였습니다. 엄마 졸업과 동시에 할머니 입학으로 이어졌습니다. 저는 강의 때마다 엄마에게 채원이를 맡기고 학교에 나갑니다. 절대 애 봐주는 일 없다고 엄포를 놓으셨는데 그 말은 아지랑이처럼 사라졌습니다.

엄마가 계셔서 좀 더 안심하고 일을 할 수 있었어요.

오랜만에 하는 강의라 재밌지만, 출산 백일 만에 일을 하

˙ 낳어요.

는 것이 몸에 좀 무리가 되긴 했나 봅니다. 특히 넓은 교정을 많이 걷다 보니 체력적으로 힘들더라고요. 면역력이 떨어졌는지 발에는 안 나던 무좀까지 생겼어요.

엄마는 아빠 닮아서 무좀까지 생겼다고 그거 빨리 안 고치면 계속 덧난다고 병원에 가라 하셨지요. 병원에서 일주일에 1번씩 두 달간 무좀약을 먹어야 한대요. 무좀약이 독해서 간에 무리가 가니 텀을 두고 먹는 거라고요. 무조건 시간 엄수가 필수라네요. 엄마는 자기 앞에서 얼른 한 알 먹으래요.

"앞으로 토요일마다 먹는 거야. 까먹지 말고 알았지?"

나 챙기랴 채원이 챙기랴 극성이에요, 우리 엄만.

어느 날, 선우한테 전화가 왔어요.

"누나 어디야? 왜 전화를 안 받아?"

"나 아직 학교. 수업이 지금 끝났어. 이제 엄마 집으로 가려고."

"엄마 집 말고, 빨리 천만종합병원으로 와."

"뭐?"

"교통사고가 났어. 나도 회사 반차 쓰고 달려왔어."

"뭐라고? 채원인? 우리 채원이 다쳤어? 어떻게 된 거야?"

"채원이는 괜찮아. 엄마가 문제지. 그렇다고 심각한 사고
는 아니니까 일단 와. 매형이랑 아빠도 오고 있대 지금."

엄마가 교통사고를 당하다니요. 저는 엄마보다 순간 채원
이 밖에 생각이 나지를 않았어요. 아! 저도 어쩔 수 없는 걸까
요? '내리사랑은 있어도 치사랑은 없다.'라는 게 이런 걸까
요? 엄마 걱정이 아니라 채원이부터 챙기고 염려하는 내가
못내 원망스러웠어요. 우리 엄마 몸도 뼈도 약한데 말이죠.

병원에 도착하자마자 바로 정형외과 병동으로 달려갔어요.

"누구시죠? 누구 보호자세요?"

"네? 저… 송연선 씨 딸 되는 사람인데요."

병원에서나 비로소 '송연선'이라는 이름을 부릅니다. 평
생 내 입으로 잘 불러 보지 않았던 엄마의 이름을 병원에서
부릅니다. 엄마가 아플 때 나는 '송연선'의 딸로 불립니다.
입원실 문 앞에 '송연선'이라고 쓰여 있어요. 들어가니 엄마
가 누워 있고 선우가 잠든 채원이를 안고 있어요.

"엄마."

"미안해. 채원이 놀랐을 텐데 어쩌니?"

"엄마는 엄마 발가락이나 신경 써. 채원인 무사해?"

선우가 엄마를 나무랍니다.

엄마가 채원이를 유모차에 태우고 동네 산책하다가, 횡단보도에 서 있는데 승용차가 엄마 발을 밟고 지나갔대요.

반사적으로 유모차는 꺾고 엄마 발을 내밀었나 봐요. 승용차가 순간 브레이크를 밟아서 천만다행이지만, 자칫 아찔한 사고로 이어질 뻔했어요.

엄마의 새끼발가락이 골절되었어요. 담당 의사 선생님께서 심한 골절은 아니지만, 엄마 연세도 있으니 추후 안전한 회복을 위해서라도 수술하자 하셨어요. 수술하고 며칠 입원하면서 후유증이 있는지도 지켜보자고요.

30~40분 정도의 간단한 수술이라지만, 수술실 들어가는 엄마의 모습을 보니 눈물이 주르륵 흘렀어요. 괜히 나 때문에 겪지 않아도 될 일들을 엄마가 겪는 거 같아서요. 엄마가 수술 받고 나와서 잠에서 깰 때까지 저는 망부석처럼 서 있었어요.

"아직도 있었어? 엄마 괜찮아. 채원이 병원에 오래 있는 거 안 좋아. 준환아, 연우랑 채원이 데리고 얼른 집에 가?"

"엄마 미안해. 미안해."

"쓸데없는 소리. 엄마가 부주의한 거야. 이제 좀 쉴게."

"그래 들어가. 여긴 선우랑 아빠랑 번갈아 있으면 돼."

아빠까지 나서서 저를 집으로 보냅니다.

집으로 가는 길에 펑펑 울었습니다. 모든 게 착잡하고 후회스럽습니다. 엄마, 아빠, 선우를 볼 낯이 없어요.

"연우야, 당신 잘못 아니야. 내일은 내가 채원이를 하루 종일 볼 테니까 자기는 장모님 간호해 드리고 같이 있다가 와. 응?"

남편 준환이가 토닥여 줍니다. 남편에게도 한없이 고맙고 미안합니다.

다음 날 아침 저는 엄마가 좋아하는 유부초밥을 만들었습니다. 유부초밥과 과일을 도시락 통에 담습니다. 병원에 나갈 준비를 하는데 "카톡" "카톡"이 울립니다.

< 우리 연우 오늘 약 챙겨 먹었니? 아직 안 먹었으면 점심 먹고 꼭 먹으렴. 날짜 지키지 않으면 덧나. >

< ❤˙ >

수술해서 누워 있는 엄마가 내 약을 챙깁니다. 퉁퉁 부은 발가락에 깁스한 엄마가 겨우 내 발에 난 조그마한 무좀을 신경 씁니다.

무좀약 한 알을 삼키는데 자꾸 뜨거운 게 올라오네요.

나의 엄마! 우리 엄마!! 셨던 엄마!!!

당신을 향한 첫 글을 씁니다.

"엄마 이름은 송연선입니다."

엄마도 엄마가 처음이었을 텐데 어떻게 지금까지 이리 잘 하시나요?

나는 엄마만큼 엄마가 못 될 것 같아.

엄마 딸이라서 행복해.

엄마가 내 엄마라서 감사해.

다음에 다시 태어날 수 있다면 연선엄마가 되고 싶어.

내 딸로 태어나 줘요. 엄마.

• 귀여운 하트가 마구마구 발사되는 이모티콘

엄마 이름은 송연선입니다.
그리고 나는 연선딸입니다.

나의 첫 어른 동화책을 '송연선'님에게 바칩니다.

제가 어느덧 할머니가 되었어요. 연우 선우보다 더 이쁜 아가는 없을 줄 알았는데, 바로 여기 있네요. "안녕하세요. 권채원입니다." 정말 깜찍하고 사랑스럽죠?

하품하는 것도 어찌나 앙증맞은지 아세요? 눈 한쪽을 윙 크하면서 한쪽 윗입술을 올리고 입을 벌립니다. 저희를 웃게 해 주려고 태어난 천사가 틀림없어요.

처음에 연우 임신 소식을 들었을 때는 손녀가 생긴다는 것이 기쁘고 감사하면서도 할머니가 된다는 사실이 살짝 서글프기도 했거든요.

　게다가 연우가 임신하고 잘 먹지도 못하고 잠도 못 자고 하니까 날이 갈수록 초췌해지더라고요. 내 딸이 힘들어 보이니 얼굴도 못 본 손녀가 괜히 야속하더라고요.

　제가 연우를 가졌을 때 평생 입도 안 댔던 순대가 당겨서 엄청 먹었거든요. 그런데 연우는 돼지고기, 돼 자만 들어도 기겁하더라고요. 그렇게 순대를 좋아했던 애가요. 그래서 상큼한 귤이랑 딸기 같은 과일을 좀 먹였는데, 하나 먹고 입맛이 없대요. 미식가에 대식가인 애가 입이 놀랄 정도로 짧아졌어요.

　이런 상태로는 임신 초 중기에 일하는 게 좋지 않을 것 같아서, 강의도 연달아 맡는 걸 포기했거든요. 계절 학기 수업만 하고 다음 학기 수업들은 고사했지요. 못내 아쉬워하고 속상해하는 게 마음에 걸렸어요. 저도 연우 가지면서 학교를 그만뒀잖아요. 연우한테 아기 낳고 다시 일하면 되니까 걱정하지 말라고 안심시켰죠. 아니면 틈틈이 새로운 책을 쓰라고 조언했지요. 그것도 쉽지는 않나 봐요.

제 눈에는 연우가 여전히 아기 같아요. 아기 같은 애가, 자기 애를 위해서 힘들어도 산책을 꼬박꼬박하고, 사위랑 임산부 요가도 배우러 다니고, 자기 전에는 둘이 동화책 읽어 주면서 아기랑 대화를 시도한대요.

우리 때랑은 다르게 요즘 애들은 재밌게 살아요. 아기 애칭도 만들었더라고요.

꿀복이래요. 황금돼지해이기도 해서 꿀 떨어지는 꿀꿀이 복덩이로 지었대요. 그러고 보니 우리 연우, 우리 준환이, 우리 꿀복이 모두 돼지띠네요. 한 집 안에 돼지가 세 마리면 복이 넝쿨째 들어와 넘치고 넘쳐서 밖으로까지 넘실넘실 흐르겠어요. 생각만 해도 웃음이 끊이질 않아요.

꿀복이가 보고 싶어서, 꿀복이 맞이할 선물을 남편이랑 하나둘씩 사 둬요. 그게 새로운 취미이고 사는 재미예요. 배냇저고리, 속싸개, 양말, 모자, 젖병, 모빌, 꼬까옷….

연우가 그만 사라고 하지만, 연우 선우 때 못 사 준 거 생각하면 우리 첫 손주한테는 다 사주고 싶어요. 우리 꿀복이 만날 날을 저랑 남편은 손꼽아 기다려요.

어느 날 새벽 대 여섯 시쯤에 사위한테서 전화가 왔어요.

"어머니, 주무셨을 텐데 죄송합니다."

"아니야, 괜찮아. 일어나려던 참이야. 연우 무슨 일 있어?"

"연우가 자정 넘어서 양수가 터져서 병원에 와 있어요. 엄마 아빠 주무신다고 애 낳고 전화하자고 했는데, 연우가 너무 아파서 어머니가 와 주시면 안 돼요?"

"어머, 예정일보다 빠르네. 진작 전화하지? 왜 이제야 했어? 내가 빨리 갈게."

제가 연우를 낳을 때보다 더 가슴이 터질 것 같았어요. 저는 제왕 절개 수술 날짜에 맞춰 편하게 가서 애를 낳았지요. 그런데 우리 연우는 별안간 새까만 밤에 애가 나온다고 신호를 보내니 얼마나 놀랐을까요? 저도 이렇게 심장이 벌렁벌렁하는데요.

병원에 도착하니 연우가 진땀을 흘려 온몸은 땀범벅에다가 눈도 반은 풀려 있고 넋이 나가 있었어요.

"연우야. 엄마 왔어."

"엄마. 나 죽을 것 같아."

"뭐 조치해 준 것 없어?"

"기다리래. 빨리 낳고 싶은데 언제까지 기다려야 해?"

"무통 주사는 맞았어?"

"아니. 주사가 혹시 꿀복이한테 안 좋을까 봐."

"뭐 하러 생진통을 견디면서 생고생을 해! 그게 애한테 더 안 좋아. 빨리 맞자"

저는 얼른 간호사에게 달려가, 딸에게 빨리 무통 주사를 놓아 달라 말했어요. 머지않아 간호사가 연우 허리에다가 무통 주사를 놓았지요. 이제 연우도 무통 천국을 경험하겠지 하고 안도했는데 한 십 분 평화 뒤에 연우가 소리를 질렀어요.

"엄마! 너무 아파. 허리가 너무 아파. 나 괜히 맞았나 봐."

다시 무시무시한 진통이 시작된 거예요. 무통 주사를 좀 늦게 맞아서 효과가 없던가 아니면 간혹 이렇게 무통 주사가 안 듣는 사람이 있대요. 한 대 더 맞아 보겠냐고 하는데 연우가 손을 내저었어요. 무통 주사도 아프다니, 더는 저도 권유를 못 하겠더라고요. 내가 대신 아파 주고 싶어요.

저는 제왕 절개 수술을 해서 아픈 거 모르고 낳는데 우리 연우는 온몸이 찢어질 듯 고통스러워해서 제왕 절개 하면 안 되냐고 몇 번을 물었어요. 그래도 대견하게 싫다고 그냥 낳겠다고 하네요. 연우는 저보다 강하고 나은 엄마예요.

드디어 분만실로 들어가는 연우의 손을 꼭 잡았어요.
"애가 애를 낳네."
왜 그리 눈물이 나는지 모르겠어요. 그런 제게 연우가 잘하고 온다 하는데 더 눈물이 주르륵 흐르더라고요. 엄마가 되어서 큰 힘도 못 돼 주고 오히려 제가 위로받네요. 연우가 분만실로 들어가고 사위는 앞으로 자기가 연우한테 더 잘하겠다고 달래 주더라고요. 사위 준환이도 어느새 눈시울이 붉어져 있어요.

8시간 넘는 진통을 겪었는데 출산도 다른 산모들보다 오래 걸리는 거예요. 준환이랑 저는 손을 꼭 잡고 무사 출산을 기도 드리고 또 기도 드렸어요.
간호사가 "꿀복이 아빠, 탯줄 자르러 들어오세요."라고 하자, 준환이는 저를 한 번 꼭 껴안고는 허겁지겁 분만실로 달려 들어갔어요.

'꿀복아, 드디어 이 세상에 나왔구나! 고맙다. 고마워.'

저는 별 큰 고통도 없이 연우, 선우를 낳은 것 같아 죄스러워집니다.

입원실로 연우가 옮겨지고, 꿀복이는 신생아실로 갑니다. 기특한 내 딸과 손녀의 뒤를 종종걸음으로 따라갑니다.

연우가 누워서는 "할 만했어."라고 농을 치네요.

연우가 입원해 있는 동안 들깨 미역국을 한 사발 끓여서 가지고 갔어요. 병원 음식 잘 나온다고 하지만 엄마 정성 담긴 미역국만 하겠어요? 그리고 미역국은 계속 많이 먹어 두는 게 좋고요.

이 털털한 녀석은 산후조리원도 안 가려고 했다니까요. 친구들은 다 괜찮은 조리원 알아보고 예약하는데, 본인은 집이 편하다고 가기 싫다는 거예요. 저 똥고집을 겨우 설득했어요. 저도 제왕 절개 수술하고 산후조리를 거의 못했거든요. 그 이후로 잔병치레가 잦았어요. 가뜩이나 연우는 건강한 체질도 아니라 더 열심히 산후조리를 해야 해요.

다행히 산후조리원이 기대보다는 괜찮나 봐요. 산모친구들도 많이 사귀고요.

이제 엄마가 다 되었네요, 우리 연우.

꿀복이는 세상의 이름도 이뻤어요.

권채원.

연우가 자기도 아기를 낳으면 엄마 아빠가 한 것처럼 이름 짓고 싶다고 그랬거든요.

제 이름 한 자, 남편 이름 한 자를 따서 아이들 이름을 지었어요. 그래서 연우, 선우예요. 제 이름은 각각 둘로 나뉘어 다 들어가 있죠. 남편은 '우'만 들어갔지만 대신 남편 성을 따르잖아요.

연우는 준환이랑 혼인 신고할 때 "누구의 성을 따르겠습니까?"라는 질문에 남편의 성을 따른다고 체크했지만, 못내 마음이 서운했대요. 자기 성 '채'가 더 이쁜데 줄 수 없다는 게요.

어릴 때는 그렇게 성 바꿔 달라 성화더니, 지금은 자부심이 있나 봐요.

"엄마! 엄만 내게 이름 한 자 '연'을 줬지만, 난 '채'를 줄래. 우리 꿀복이는 엄마 아빠 성 다 받은 거야. 헤헤헤"
"그래. 아쉬운 대로 그렇게라도 해. 준환이는 좋대?"
"응. 예쁘대."
"근데 왜 뒤 글자는 원이야?"
"온니 원. 권준환과 채연우의 온니 원!"
"뭐야? 애 하나만 낳을 거야?"
"엄마! 두 명 낳다가는 아마 내 몸이 분질러질 걸. 한 명도 벅차."
연우가 얼마나 고통스럽게 채원이를 낳았는지 알아서 둘째까지 낳으라는 소리가 차마 입에서 안 떨어지더라고요.

채원이는 임신 중에도 연우를 지치게 하고, 출산할 때는 연우 심신을 쥐고 흔들더니, 밖에 나와서는 자기 엄마를 녹다운시키네요. 연우도 자주 울었지만, 채원이만큼은 아니었던 것 같아요. 어째 온종일 자지러져요. 주말마다 우리 집에 오는데 제가 채원이를 잠깐 봐주는 사이에 연우가 기절

하듯 잠들더라고요. 얼마나 잠을 못 잤으면 바로 곯아떨어질까? 채원이를 안고 그 잔망스러운 눈동자를 바라보며 한 마디 해 줬어요.

"채원아, 네가 아무리 예뻐도 내 딸 힘들게 하면 할머니 마음 안 좋아. 할머니는 채원이 엄마의 엄마거든. 그러니까 내 딸 힘들게 하지 말렴."

이 울보 꼬맹이가 말을 알아들었는지 방긋 웃어요. 엄마 앞에서도 방실방실 웃어 주기를 바랄 뿐이에요.

연우가 집에 오는 게 그나마 편하고 좋대요.

"이때 좀이라도 쉴 수 있지?"

"그것도 있고, 엄마 아빠가 '연우야, 연우야' 불러 줘서 살아 있는 것 같아."

"준환이가 '연우야'라고 부르잖아."

"우린 서로 이름 안 부른 지 오래됐어."

초등학교 때 훤칠하고 멋있었던 준환이를 보고 사위 삼 았으면 좋겠다 싶었는데 고등학교 때 하필 연우를 만나서 제가 훼방 좀 놨었지요. 그래도 될 인연은 갈라놓아도 언젠

가는 만나게 되나 봐요.

　연우가 결혼할 수도 있는 남자친구라고 준환이를 소개했을 때 얼마나 까무러치게 놀랐는데요. 괜스레 준환이한테 멋쩍어서 그때 안 만나서 지금 만날 수 있는 거라고 뻔뻔하게 얘기했는데, 준환이는 "어머님의 혜안 덕분에 저희가 결혼까지 하게 된 거예요."라고 저를 외려 감싸 주는 거예요. 우주와 지구를 누구보다 사랑하는, 순수하고 너그러운 남자로 잘 자라 줬네요. 성품으로는 준환이가 연우보다 한 수 위죠.

　연우가 안방에 들어가 채원이 모유를 먹일 때, 제가 준환이한테 부탁 하나 했어요.

　"우리 사위."

　"네, 어머니."

　"준환이가 연우 좀 봐줘. 집에서 채원이만 보려니 마음이 좀 싱숭생숭하나 봐. 쟤가 워낙 좀 까칠하고 예민하잖아. 연우란 이름이 그립나 봐. 쓸데없이 감성과 감정이 풍부한 애란 거 알잖아."

　"앗, 맞아요. 연우가 문학소녀 출신인데 제가 너무 무심했어요. 게다가 여자들 임신, 출산 후에는 심적으로 우울해진다 하더라고요. 죄송해요. 걱정하지 마시고, 어머니는 아버님이랑 재밌게 사세요."

사위 하나는 기가 막히게 잘 둔 것 같아요. 어떤 말도 곡해하지 않고 있는 그대로 받아 주니까요.

사위는 백년손님이라 다가가기 어려운 것도 있는데 준환이가 먼저 아들처럼 대해 주니 고마울 따름이죠. 저도 아들을 키우지만, 사돈어른들도 참으로 마음이 흡족하실 것 같아요. 준환이가 있어서 제가 좀 더 마음이 놓여요. 남편이랑 노후도 즐길 수 있고요.

남편이랑 결혼 40주년으로 유럽 여행을 계획했어요. 그간 여행을 다녀 본 적이 별로 없어 설레기도 하고 떨리기도 해요. 텔레비전에서만 봤지, 멀기도 멀고 우리랑은 판이한 나라잖아요. 한 달 동안 8개국을 도는데, 제가 다 소화할 수 있을까요?

연우가 짐을 싸는 걸 도와주다가 느닷없이 강의 제안 받았다는 얘기를 해요. 언제 올지 모르는 좋은 기회니 꼭 하라고 했어요. 강사들 일자리 구하는 게 얼마나 하늘의 별따긴데요. 안 그래도 임신 중에 강의 포기하게 했던 게 내내 마음에 걸렸는데 감사하게 또 제안이 왔네요. 이번에는 기회를 잡았으면 좋겠어요. 일주일에 두 번 오전 시간이니까 채원이를 어린이집에 맡기는 것에 대한 부담도 훨씬 덜하고요.

좋은 소식을 들어서 기쁜 마음으로 남편이랑 여행길에 오를 수 있었어요.

첫 여행 국가가 영국 수도 런던인데 어찌된 게 나흘 내내 비가 와요. 음식도 생선 튀긴 거나 샌드위치를 먹었는데 제 입맛에는 안 맞더라고요. 버스 타고 주요 유명 장소를 한 바퀴 둘러보니 런던을 다 본 것 같았어요. 남편과 대영박물관에 갔는데 저는 한 층 보는데도 다리가 아프더라고요. 사실 우리 둘 다 할아버지 할머니인데, 어디 오래 걷고 보는 거 힘들죠. 천천히 공원이나 산책하고 무리해서 관광하지 않았어요.

연우가 우리 가족 단톡방*에 첫 강의 인증샷을 올렸더라고요. 채원이도 다행히 어린이집에 잘 적응한대요. 저희도

비를 흠뻑 맞은 빅벤을 찍어 보냈죠.

다음 국가는 스위스였는데, 그곳은 날씨도 풍경도 최고였어요. 사진을 찍기만 하면 다 그림이고 엽서더라고요. 융프라우로 가는 열차를 타고 창밖을 구경하는데, 우리 채원이한테 보여 주고 싶다는 생각이 들었어요. 융프라우의 만년설에 햇빛이 비치는데 장관이 따로 없었어요. 그 꼭대기에서 만원에 가까운 신라면을 먹는데, 아까워서 면발 하나, 국물 한 방울 남기지 않았어요. 그래도 우리나라 라면이 느끼했던 속을 한껏 달래 줬어요. 스위스는 어딜 가나 비싸요. 남편이 스위스 음식 먹자고 퐁듀를 사 줬는데 한두 입은 먹겠는데 더는 못 먹겠더라고요. 순대국밥 얼큰하게 한 뚝배기 하고 싶었어요.

한국 떠난 지 이제 고작 일주일 넘었는데 오래된 것 같더라고요. 저는 여행 체질이 아닌데, 괜히 남편한테 유럽 가자고 바람 넣은 것 같아요. 앞으로 20일 넘게 더 견딜 자신이

• 단체 카카오톡 방의 준말

없어서 남편한테 집에 가고 싶다고 했어요. 당연히 불같이 화를 내지요. 남편은 다음 목적지 오스트리아 빈에서 음악회를 가고 싶어라 했거든요.

"당신, 내가 모를 줄 알아? 채원이가 불안해서 그런 거지? 아이고, 그럼 그렇지. 무슨 엄마를 그만둔대? 여행 내내 채원이 괜찮을까 그 소리만 하는 사람이."

남편은 내 속마음을 이미 꿰뚫고 있었네요. 우리는 10일 만에 서울로 돌아왔어요.

오자마자 어린이집에 가서 눈에 넣어도 안 아픈 내 새끼, 채원이를 데리고 집으로 갔죠. 연우와 선우도 기겁했죠. 그런데 어떡해요. 발길이 이곳으로 향하는데요.

저는 머나먼 곳으로 해외 여행할 팔자는 아닌가 봐요. 사람이 생긴 대로 살아야죠. 이제 채원이랑 할머니는 일주일에 두 번 단짝 친구처럼 붙어 있습니다.

내 자식 키울 때는 가르치고 지도하려고만 했거든요. 채원이는 그저 같이 놀아 주고 지켜봐 주고 믿어 주고 기다려 주게 돼요. 채원이가 앞으로 쑥쑥 크더라도 공부하라고 안

할 것 같아요. 집보다는 바깥을 더 많이 구경시켜 주고 싶어요. 채원이가 세상으로 소풍 나온 거잖아요. 신나고 즐겁게 놀다 가기를 할머니는 응원해요.

연우와 선우는 닦달 안 해도 어련히 잘 클 애들인데 제가 조급해서 아이들이 더 시행착오를 겪었을 거예요. 연우가 강의하고 육아하느라 피곤한지 면역력이 떨어졌나 봐요. 발에 무좀이 가득 난 거 있죠.

예전 같으면 호들갑이었을 텐데 약만 꼬박꼬박 챙겨 먹으면 된다고 좀 의연하게 말했어요. 부모가 자식을 낳아 주고 할 일은 격려와 응시와 칭찬밖에 없다는 걸 우리 손녀딸을 보며 깨닫게 되었거든요. 이 아이 존재 자체가 하늘이 내려 준 축복인 것을요.

그런 선물 같은 채원이를 안고 산책을 나왔어요. 따사로운 햇살을 가르며 솔솔 부는 바람에서 나는 보송보송한 햇빛 냄새를 채원이와 함께 온몸으로 맡고 싶었거든요. 꽃잎에 맺힌 물방울이 햇빛에 반사되어 반짝 빛이 나는 것도 같이 보고 싶었어요.

동네 앞만 걸어도 함께 행복을 나눌 게 사방에 펼쳐져 있는데, 우리 애들을 집에서 공부만 시켰으니 또 한 번 부끄러워지네요.

채원이는 뭐가 그리 좋은지 까르르 웃어요. 그 모습을 보고 있으니 세상 부러울 게 없네요.

얼른 가서 우리 꿀복덩이 맘마 줘야겠습니다. 파란불이 되자마자 저는 유모차를 밀었지요. 파란불인데 승용차가 쌩하고 다가오네요. 순간 유모차를 우측으로 확 꺾고 내 몸도 틀었어요. 왼쪽 내 발밑에서 승용차는 멈췄습니다.

순식간에 벌어진 일이었어요. 제 새끼발가락이 승용차 앞 타이어에 밟혔어요.

저는 유모차를 바들바들 떨며 잡고 있었고 채원이는 놀랐는지 엉엉 울음을 터뜨렸어요.

차 안에서 연우 또래 되는 아기 엄마가 내렸어요.

"죄송합니다. 정말 죄송합니다. 애들이 울어서 잠깐 뒤를 본 사이에… 다시 한번 죄송합니다."

어찌할 바를 모르고 덜덜 떨면서 연신 사과를 했어요. 뒷

좌석 시트에 5살, 3살쯤 된 아기 남매가 타고 있더라고요. 어릴 적 우리 연우, 선우 보는 것 같았어요. 지금 애 엄마도 다 내 딸 같고요.

아기 엄마는 혼비백산 된 채로 응급차를 부르고, 채원이와 아기 남매는 세상 떠나가듯 울고불고하는 거예요.

나 아픈 것보다 애들 놀래서 우는 게 더 신경 쓰이더라고요. 애 셋 다 전부 깜짝 놀랐을 거 아니에요? 애 엄마까지 얼마나 철렁했겠어요?

다 내 탓이죠, 뭐. 턱 위에 조금 더 머물렀어야 했는데 신호 바뀌었다고 무심코 바로 내려와 버린 내 잘못이에요.

응급차 안에서 남편한테 전화했는데 비누 공장 문제로 좀 멀리 떨어져 있대요. 당장 병원으로 온다고 하네요.

연우한테 전화하니 받지를 않네요. 아직 수업 중인가 봐요.

선우한테 전화했더니, 다행히 점심시간이라 받아요. 새로 옮긴 회사라 눈치가 보일 텐데도 반차 쓰고 바로 오겠대요. 매번 양보하고 배려하는 우리 선우. 제게는 아픈 손가락이

기도 해요. 연우한테 더 신경 쓰느라 선우한테 상대적으로 소홀했던 것 같아서요.

응급실에서 우는 채원이를 안고 달래고 있는데 선우가 뛰어와요.

"엄마! 아, 진짜 누나는 왜 나이 먹어서까지 엄마를 고생시켜? 난 도무지 이해가 안 가."

"누나한테 뭐라 하지 마. 누나도 다 먹고살려고 하는 거잖아."

"아니야. 누나는 그냥 자기가 하고 싶은 건 요만큼도 희생 안 하고 다 하려는 거야.

엄마 졸업한다며? 절대 우리가 낳은 애들 안 봐준다 했잖아? 한번 말했으면 지켜야지 이게 뭐야?"

"엄마가 선우 니가 나중에 결혼해서 애 생기면 안 봐주겠니?"

"나 절대 엄마한테 애 안 맡겨. 언제까지 엄마가 우리 뒤치다꺼리해야 해?"

선우는 입원 수속을 마치고 연우와 준환이에게 전화한 것 같아요. 화내지 말고 차분하게 말하라 했는데 잘했나 모르겠어요.

얼마 있다가 연우도 도착했어요. 오히려 채원이 때문에 연우가 놀랐을까 봐 염려되었어요. 간단한 수술에 깁스 한두 달 정도 하면 된다는 데도 모두 나를 보고 사색이에요.

수술 끝나고 마취에서 깨어나니 연우가 죄인처럼 서 있더라고요. 연우는 다 본인 탓으로 돌리고 있는 것 같아요. 채원이도 병원에서 고생이고, 준환이한테 다 데리고 들어가라 했어요. 남편과 선우한테도 집에 가라 했어요. 내일 아침에 오라고.

별거 아닌 사고인데 유난을 떨 듯 큰일이 돼 버린 것 같아 울적해지더라고요. 복잡 미묘한 심정으로 잠을 청했어요.

그날 꿈에 젊고 고운 여자가 나왔어요.

정갈한 머리에 하얀 얼굴, 단정한 옷매무새, 살짝 머금은 미소.

처음 보는 여자인데 나에게 다가와서 살포시 얼굴을 쓰다듬었어요. 내 딸보다도 훨씬 젊은 여자인데 얼마나 포근했는지 몰라요. 눈빛은 인자했고, 미소는 그윽했고, 품 안은

평온했어요. 세상이 잠깐 멈추고 나와 그 여자만 있는 느낌이었지요. 흰머리 가득히 늘어 버린 나를 흑발의 젊고 어린 여인이 꼭 안아 주고 있었어요.

아무 말 없는데도 마음에서 '괜찮다, 괜찮다!'라는 음성이 들렸어요.

엄마…, 엄마였어요. 그리운 엄마. 우리 엄마였어요.

우리 엄마 순복, 서순복!

동생 연희와 통화를 했어요. 연희는 딸만 둘이고 얼마 전에 둘 다 시집보냈거든요. 많이 적적한 모양이던데 꿈에서 본 엄마 얘기를 해 주고 싶었어요.

"연희야, 나 엄마 꿈꿨다."

"응? 누구? 어떤 엄마?"

"친엄마."

"정말? 진짜야? 와, 내 꿈에는 아직 한 번도 안 나왔는데 언니가 아파서 누워 있으니까 먼저 들르셨나 보네. 엄마는 어떻게 생겼어?"

"아주 젊고, 단발머리에 촘촘한 눈썹, 그리고 발그레한 복숭아 같은 볼, 기다란 눈매, 그리고 널 닮은 해사한 미소.

참 곱고 아름다우셨어. 바로 알겠더라고. 엄마라고 굳이 말 안 해도 날 안아 주는데 저절로 느껴졌어. 엄마도 얼마나 우리를 키워 보고 싶었을까?"

"그러게. 나 안고 젖이라도 물려 보셨을까? 언니는 그래도 3살 때까지 엄마가 젖도 물리고 잠도 재우고 해서 정이 더 있을 거야. 나도 엄마가 보고 싶네."

"너한테도 곧 가실 거야. 그때 나보다 더 꼭 안아 드려."

"응, 언니한테 엄마 얼굴 들었으니까 단번에 알아보겠네."

우린 한동안 말이 없었어요. 먼저 적막을 깬 건 연희였어요.

"엄마 만나면 우리 애들 얘기는 어떻게 해야지? 우리가 잘 키운 거 맞나?"

"채원이 돌보면서 느끼는 건데 다시 연우랑 선우 키우면 정말 사랑만 주면서 잘 키울 수 있을 것 같아."

"그런데 다시 키울 수가 없잖아. 미안하게."

저랑 연희는 아이들에게 미안한 게 훨씬 많아요. 사랑을 마음껏 주지 못한 것이 두고두고 가슴에 남아요. 우리 연우, 선우에게 더 늦기 전에 충만한 사랑을 가득 주고 싶어요.

애들에게요? 지금 연우 선우가 오고 있다는데요.

오기 전에 미리 남기고 싶은 말이요?

음, 쑥스럽지만….

그럼 한번 시작해 볼게요.

엄만, 연우엄마 선우엄마로 살아서 행복했어. 가끔 내 인생은? 하고 가슴팍에서 올라올 때도 물론 있었지만 그래도 엄마가 될 수 있어서 매 순간 감사했어.

연우, 선우는 엄마 이름 한 자와 아빠 이름 한 자를 합친 귀한 이름이지. 그런데 엄마는 거기에 의미를 하나 더 두었어.

송연선과 채우용의 제일 친한 친구라는 뜻이었어. 속마음에서 '우'는 벗 우友였단다. 너희의 단짝 친구가 되고 싶었는데 엄마가 그렇게 못해 준 게 속상해. 이제라도 연우, 선우의 제일 가깝고 오래된 벗이 되고 싶구나.

엄마가 된 내 딸 연우야! 채원 엄마 인생으로 살아도 분명 행복할 거야. 그런데 나는 네가 '채연우' 인생으로 더 많이 살았으면 좋겠다. 그게 엄마 진짜 소원이야.

이 세상 엄마들한테도요?

안녕하세요.

저는 연우엄마라고 합니다.

우리는 다 같이 엄마였고, 엄마이고, 엄마일 거예요.

충분히 잘했고, 잘하고 있고, 잘할 겁니다. 엄마로서.

감사합니다.

　송연선 씨와 채연우 씨의 이야기를 들어 주셔서 감사합
니다.
　숨은 그림과 다른 그림은 찾으셨나요?
　아마 알아차리셔서 이게 뭐야, 하시는 분들도 계시겠지요.

　네, 맞아요.
　숨은 그림은 바로 〈엄마 소원〉입니다.
　서른일곱 송연선 씨부터 예순일곱 송연선 씨에게 늘 등
장하는 장면. 바로 "엄마 소원인데….”입니다. 일곱 채연우

양이 서른일곱 채연우 씨로 자랄 때까지 귀에 못이 박이도록 듣는 말이기도 하지요.

엄마는 소원이 왜 그리 많을까요?

"그저 건강하게만 자라다오. 엄마 소원은 그것뿐이야."

"내가 오이랑 시금치랑 당근 잘 먹는 게 엄마 소원이래요."

"엄마 소원인 1등 한 번만 해 보자 했는데 아무리 해도 안 되는 거예요."

"애들이 원 없이 하고 싶은 공부 다 해 보는 게 제 소원이거든요."

"연우가 푹 잘 자면 소원이 없겠어요."

"우리 딸이 하고 싶은 거 하는 게 엄마 소원이야."

"기어이 산후조리원을 등록해 주셨지요. 엄마 소원이라는데 들어드려야지요."

"나는 네가 '채연우' 인생으로 더 많이 살았으면 좋겠다. 그게 엄마 진짜 소원이야."

"이거 한 번만 먹는 게 엄마 소원인데 한 번만!"

그릇과 수저를 들고 뒤를 졸졸 쫓아다니며 외치던 간절한 엄마의 목소리가 들립니다.

"빨리 나아야 하는데…. 아이고, 안 아프면 소원이 없겠다."

펄펄 끓는 머리에 찬물 수건을 계속 바꿔 주며 읊조리던 애타는 엄마의 목소리도 들립니다.

참 이상한 게 엄마의 소원은 다 나의 것입니다. 모두 나의 차지가 됩니다. 내 소원은 다 내 것인데 엄마의 소원까지 또 내 것입니다.

엄마가 되면 새로운 세상이 창조되나 봅니다. 자신보다 더 귀중한 것이 생기는 기쁨. 그것은 축복입니다.

이 세상에 태어나 새로운 우주를 경험할 기회가 있는 분들은 그 시간을 꼭 놓치지 않으시기를 바랍니다.

자 그럼, 다른 그림은 무엇일까요?

보세요.

〈연우엄마〉

〈채원 엄마〉

서로 다르지요?

송연선 씨는 처음부터 끝까지 본인을 "연우엄마"라고 소개합니다. 자신의 이름이 곧 '연우엄마'지요. 그리고 그 새로운 이름이 송연선보다 좋습니다.

송연선 씨에게는 '연우엄마'는 호칭이 아니라 이름입니다.

이름은 띄어쓰기를 하지 않지요. 성과 호도 서로 모두 붙여 쓰니까요. 그런데 예순일곱 송연선 씨의 마지막 말 즈음, "채원 엄마"는 띄어 있습니다.

자신의 딸 이름은 채원 엄마가 아니라 '채연우'라는 마음이 담겨 있는 것이죠. 채연우 씨는 채원 엄마로만 사는 것을 두려워합니다. 자신의 이름 '채연우'를 다시금 찾고 싶습니다.

같은 엄마지만 그녀들은 서로 다릅니다. 그래서 〈연우엄마〉, 〈채원 엄마〉는 일관되고, 통일된 그림이 아닌 다른 그림으로 나타나게 되었어요.

서른일곱 송연선 씨와 서른일곱 채연우 씨가 서로 만나는 상상을 해 봅니다.

아마 둘도 없는 단짝 친구가 되지 않을까요? 세상 누구보다 닮았기에 치열하게 싸울 것이고 열정적으로 사랑할 것입니다.

왜 같은 편끼리 싸우게 될까요? 이 만남에는 악인이 없는데 말입니다. 서로 사랑하는 보통의 사람들이지요. 그런데도 왜 상처를 주고받는 것일까요?

고슴도치도 자기 새끼는 예쁘다고 하지요. 그래서 꽉 안아주지요. 서로 피가 흐르는지도 모른 채요.

안아 주는 데에도 방법이 있다고 합니다. 사랑하는 데에도 방법이 있다고 합니다.

처음부터 사랑하는 방법을 아는 이가 어디 있을까요?

피가 흘러도 안고 있는 것이 어쩌면 진정 사랑이라 생각했을 겁니다. 그런 과정 안에서 가시로 찌르지 않고도, 가시에 찔리지 않고도 평화로이 사랑할 수 있다는 것을 점점 알게 됩니다. 처음부터 다 알면 우리는 사람이 아니겠지요.

신과 닮아가는 시간 속에 엄마가 존재합니다. 신이 자기 자식을 바로 옆에서 돌보기 위해 대신 보낸 존재가 엄마라고 하지 않던가요. 엄마 이름은 어쩌면 수호천사일지도 모릅니다.

책 표지 빈 줄에 어떤 이름으로 채우셔도 모두 가능합니다. 엄마니까요.

연우엄마, 채원 엄마
송연선, 채연우
순복딸, 연선딸

두 여자의 소박하면서도 대단한 삶을 계속 보고 싶은 것은 왜일까요?
사랑하는 마음은 그 무엇보다 크면서도 그걸 표현하는 방식이 조금 서툴렀던 두 여자. 지금부터 좀 더 행복해지는 사랑을 하길 바라며 마음을 다하여 그들을 응원합니다.

그리고 마지막으로 한말씀 전합니다.
세상에서 제일 아름다운 언어이자 신이 보내 주신 최고의 선물! 가장 위대하고 소중한 사람 '엄마'에게 내 온 마음을 다하여 감사와 사랑을 보냅니다.